인연의 언덕

인연의 언덕

2011년 5월 8일

지은이_김상술(글, 사진)
발행인_류영란
편집 / 기획총괄_김상술
표지디자인_(주)풍경애드컴 소풍
본문그림_안창회
인쇄_칼라포인트 (02. 2277. 8524)

발행처_그린누리
등록번호_제319-2009-39호(2009.12.4)
주소_(우) 156-748 서울시 동작구 상도2동 527
전화_02-6080-3678
팩스_02-814-8687
e-mail_greennoori@naver.com
ⓒ김상술, 2011
ISBN978-89-963765-1-4

인연의 언덕

김상술_글, 사진 안창회_그림

그린누리

비탈길 언덕에 올라 격동과 고난의 삶을 가로질러
인연의 꽃을 피우고 하늘 소풍을 함께 떠나신
부모님께 이 책을 바칩니다

더 늦기 전에

50여 년을 살아오면서 어버이 은혜를 뼈저리게 느껴보지 못했다. 매년 부모님 생신과 명절 그리고 어버이날을 맞아 나름 효도를 한다고 했지만, 참다운 효도가 뭔지도 모르고 내 인생만을 위해 살아왔던 것 같다. 그리고 부모님과 많은 시간을 함께 했지만, 부모님의 마음속 깊은 뜻을 이해하지 못했고, 그 마음속에 숨어 있는 참된 사랑을 사랑이라 여기지 않았다. 그동안 많은 문상을 하면서도 죽음에 대해서 실감하지 못했고, 상주의 슬픔과 상심이 얼마나 큰지 헤아려 보지 못했다.

2010년 한 해는 내 인생에서 잊을 수 없는 해로 영원히 기억 될 것이다. 어머니와 아버지가 유명을 달리하셨기 때문이다. 나는 두 분이 병상에 누워계신 뒤에야 비로소 진정한 효도가 무엇인지, 어버이 은혜가 얼마나 고귀하고 폭넓은지를 깨달았고, 부모님의 마음속 깊은 뜻을 헤아리게 되었으며, 그 마음속에 숨어 있는 진한 사랑을 느낄 수 있었다. 또한, 두 분을 보내고 나서야 비로소 부모님이 떠난 빈자리의 슬픔도 실감하게 되었다.

부모님은 일제 강점기에 태어나 6·25동란을 겪으면서 피할 수 없었던 시대적 아픔이 맺어준 인연으로 평생을 함께했다. 아버지는 젊은 시절 바다 건너 못다 이룬 사랑의 그리움을 가슴에 품고 살아오면서 어머니에게 한때 마음고생을 안겨주었고, 뇌졸중으로 쓰러진 후 어머니 인생의 굴레가 되었다. 고지식한 아버지를 모시고 힘겨운 인생살이를 헤쳐나가야만 했던 어머니는 뇌출혈로 다시 병상에 누운 아버지를 미워도 다시 한번 지극정성으로 돌보시다 암으로 세상을 떠나셨다. 아버지는 늦게나마 회한의 눈물을 흘리며 어머니에 대한 그리움에 잠 못 이루다 넉 달 만에 어머니 곁으로 가셨다.

나는 말기 암으로 투병 중인 어머니를 돌보면서 어머니에게는 간암이라는 사실을 끝까지 숨겨야 했고, 병상에 계신 아버지에게는 어머니의 운명(殞命)마저도 속이면서, 쓰디쓴 눈물과 속울음을 삼켜야만 했었다. 부모님과 내가 흘렸던 눈물의 의미를 되새겨 보고, 병상에서 말없이 계시던 부모님의 눈빛과 가슴으로만 대화를 나누면서 부모님의 마음을 가슴속 깊이 품어 보았다. 또한, 한평생을 비탈진 고갯길과 함께 하신 부모님의 한 많은 인생길을 뒤돌아 보며, 부모님의 마음과 마음을 잇는 구름다리를 놓아 못다 푼 매듭을 풀어 보았다. 특히 두 분이 결혼 초 겪어야 했던 사랑의 갈등과 그 배경이 된 아버지의 현해탄 건너 묘한 인연을 더듬어보면서, 행복과 고통, 기쁨과 슬픔, 사랑과 미움 그리고 용서로 뒤범벅된 부모님의 파란만장한 삶을 시와 노래로 읊어 보았다.

나는 이 글을 쓰는 동안 많은 눈물을 흘려야만 했다. 눈물로 원고를 탈고하면서 눈물을 닦다가 마지막 한 방울의 눈물로 마침표를 찍었다. 이 책을 통해 행간에 흐르는 필자의 눈물에 공감하면서 더 늦기 전에 부모님을 생각하는 시간을 가졌으면 하는 바람이다.

마지막으로 효도에 대해 꼭 하고 싶은 말이 있다. 어찌 보면 너무나 당연한 말이다. 부모님께서 잘 드실 때 맛있는 음식 대접해 드리고, 잘 걸어 다니실 수 있을 때 구경시켜 드리고 고운 옷도 사드리고, 부모님께서 말문을 닫기 전에 많은 대화를 나누시길 부탁드린다.

2011년 어느 봄날에
김 상술

목차

제3부 그리움과 눈물

제1부 어버이의 인생노래

비탈길 언덕 위의 둥지

어머니 아버지는 평생 비탈길 언덕 위의 집에 오르내리셨다.

어머니는 시집 와서부터 수십 년 동안 물동이를 머리에 이고 비탈길을 힘겹게 오르면서 이마에 흐르는 땀을 조심스럽게 훔쳐내며 물을 길어 나르셨다. 아버지 역시 가득 찬 물지게의 물통을 양손으로 꼬옥 잡고 물을 한 방울도 흘리지 않으려고 안간힘을 다해 비탈길을 넘어오시곤 했다. 부모님은 한평생을 무거운 짐을 머리에 이거나 등에 지고 이 길을 오르내리며 농사를 지으셨다. 부모님의 고난의 삶은 비탈진 고갯길에서 시작되었다.

우리 형제들이 태어나 유년기를 보낸 곳은 '평전(平田)'이란 마을이다. 두메산골은 아니지만, 읍내에서는 달동네에 해당하는 곳이다. 꼭대기라서 동서남북 사방에서 올라오는 길이 만나지만, 오솔길처럼 좁고 온통 비탈진 고갯길뿐이다. 눈 내리는 겨울철엔 모든 길이 비탈길이라 눈썰매장으로 변한다. 우리 동네는 하늘과 가까운 곳에 있어 다른 마을에 비해 해 구경, 달 구경을 먼저 할 수 있었다. 또한,

공책과 화장지가 궁했던 시절 이따금 비행기에서 뿌리는 삐라(전단)가 하늘에서 은빛으로 너풀너풀 떨어질 때도 지대가 높아서 다른 아이들보다 먼저 많이 주워 사용하였다. 그래서 삐라가 살포되면 인근 주변 아이들이 우르르 우리 동네로 몰려들곤 했다. 동네 이름 그대로 평화로운 터전이지만, 우리 동네는 샘도 없고, 전기도 들어오지 않았던 곳이다. 하지만, 스무 집 남짓한 가구가 모여 오순도순 농사지으며 한집안처럼 평화롭게 살았던 곳이다.

아버지는 조부모님을 모시고 평전에서 3대에 걸쳐 살아왔다. 우리 형제들 모두 이곳 평전에서 태어나 어린 시절을 보냈다. 공원 한 켠엔 하늘을 가린 당산나무가 백 년 넘게 마을을 지키고 있다. 여름엔 시원한 그늘을 만들어 주어 동네 사람들의 사랑방이었다. 아버지는 어린 나를 데리고 다니셨으며 공원은 우리의 피서지였다. 무수한 별이 빛나는 여름밤 잔디 언덕 너머에서 적막을 가르는 애절한 애수의 소야곡이 통기타 줄을 타고 흐르면 별들이 슬픈 눈으로 우리를 쳐다보는 것 같았다. 나도 가끔 하모니카를 불면서 여름밤의 더위를 노래에 실어 보내곤 했었다. 이 공원에는 비탈길을 따라 사방에서 사람들이 올라와 걷고, 뛰고, 쉬기도 하며, 바람 부는 날이면 언덕에서 연을 날리기도 한다. 이 공원은 우리 가족을 비롯해 동네 사람들과 주위 사람들에게는 아름다운 추억의 동산이었다. 추억의 동산에 올라 주변을 내려다보면 인간 사는 세상이 보인다. 인연의 실타래처럼 얽힌 크고작은 길이 보이고, 사람 사는 이야기가 들리고, 인정이 흐르고 사랑의 속삭임도 들린다. 멀리 강과 산과 하늘이 보이고 산 너머로 희망이 떠오른다.

우리 형제는 모두 7남매다. 내 위로 큰 누나, 작은 누나, 형이 있다. 그리고 아래로는 여동생만 셋 있다. 큰 누나는 내가 어렸을 때 일찍 시집을 가 기억이 잘 떠오르지 않지만, 내가 큰누나 등에 자주 업혀서 그런지 엄마처럼 따뜻한 느낌이 남아 있다. 작은누나도 한동안 서울 고모 집에 있다가 시집을 가게 되어 초등학교 시절 기억만 희미하다. 아버지를 닮아서인지 고집은 있지만, 힘이 장사 같아 농사일이나 집안 살림을 많이 도왔던 억척스러운 모습이 떠오른다. 작은누나는 지금도 고향에서 농사지으며 살고있다. 작은누나는 동네 아이들에게 사납장이 누나로 통했다. 그래서 어릴 때 형과 나에게는 누구도 얼씬대지 못했다. 나와 두 살 터울인 형은 유년시절을 거의 같이 보냈기에 동고동락을 했다고 볼 수 있다. 장기를 두거나 놀이를 하거나 형은 나의 영원한 맞수였다. 하지만, 어린 시절 나에게는 형이 든든한 배경이자 방패막이였다. 누구도 나에게 함부로 할 수 없었던 것 같았다. 나 역시 동생들이 밖에서 누구에게 맞거나 울고 들어오는 것을 보고는 참지 못했다. 한편, 나는 동생들의 방패 노릇을 해주는 다정한 오빠이기도 했지만, 때로는 무서운 호랑이 오빠였다.

가난했던 시절이라 부모님은 농한기에도 돈 벌러 다니기 때문에
우리 형제들은 어렸을 때부터 집안일을 도우며 살아야만 했다. 형과
나는 산에 가서 땔감을 해오고, 논밭에서 농사일도 도와드렸다. 바로
아래 여동생은 동생들을 돌보면서 어머니를 대신해 밥을 하고, 밀가
루로 죽도 쑤고, 고구마를 삶아 끼니를 때우기도 했다. 우리가 힘든
시절 동생은 어린 나이에도 불구하고 엄마의 바쁜 일손을 훌륭하게
거들었다. 가운데 여동생과 막내 여동생은 부모님이 일터에 나가시

면 언니나 오빠들 등에 업혀 자랐다. 나도 보채는 막내 여동생을 업고 엄마 젖을 먹이려 논밭으로 찾아다녔고, 동생 손잡고 초등학교 입학도 시켰던 기억이 난다. 어린 시절 우리 형제들은 가난했지만 서로 돕고 살면서 때로는 다투기도 하였고, 함께 웃고 울기도 하면서 어린 시절을 보냈다. 가난이 가르쳐준 가족애와 협동심이 추억으로 되살아난다.

나에게도 비탈진 고갯길을 오르내릴 때마다 오롯이 떠오르는 추억이 있다. 어느 보슬비 내리는 이른 새벽, 어둠과 고요만 언덕에 가득한데, 언덕 아래 내려다보이는 읍내의 비에 젖은 희뿌연 불빛만이 이정표가 되어준다. 음산한 적막감에 발걸음도 무거운데, 우산도 없이 비닐 비료 포대에 구멍을 뚫어 만든 비옷을 덮어쓰고 고갯길을 넘어갈 즈음, 멀리 큰 다리쯤에서 역을 향해 오는 열차는 기적을 뿜으며 내 발걸음을 재촉한다. 어둠을 깨는 열차의 바퀴가 철교를 건널 때 들리는 덜컹거리는 소리는 역을 향해 힘차게 뛰는 나의 심장 박동과 박자가 맞았다. 형과 함께 신문 배달하던 비 오는 어느 날 새벽의 수채화 같은 추억이다. 나는 초등학교 6학년부터 중학교 시절까지 비가 오나 눈이 오나 새벽 4시에 눈을 비비고 일어나야만 했다. 4시 반에 장성역에 도착하는 서울발 준급행 열차에서 조간신문 꾸러미를 찾아야 했다. 역 대합실에서 면 단위 독자들에게 보낼 주소를 적은

띠지에 신문을 접어 넣고, 우체국에 들러 우편 소인을 찍은 다음 면 단위로 구분된 우편물 함에 넣는다. 우송을 마치면 형과 나는 읍내를 남북으로 나누어 배달할 신문 꾸러미를 겨드랑이에 넣어 손으로 받쳐 들고, 동에 번쩍 서에 번쩍하며 정신없이 뛰어야만 했다. 온 동네를 휘젓고 다니다 보면 해가 재봉산 너머로 기웃거리고, 사람들의 발걸음이 분주해 질 때쯤이면 배달이 끝난다. 대충 아침을 먹고 등교 시간에 맞추려고 부지런히 책가방을 준비하여 5리 길을 뛰어 학교에 가면 졸음 반 공부 반, 새벽부터 땀으로 얼룩진 학창시절을 보냈다.

겨울철 북풍한설 몰아치면 우리 집은 마루까지 눈이 들이치고, 웃풍이 심했던 전형적인 초가집이었다. 더구나 북향집이라서 오돌오돌 떨며 살았던 집이다. 오죽했으면 볏짚으로 엮은 '두데'라고 하는 방풍 막을 마루 앞에 쳐 놓아야만 했을까! 그래도 밤이면 문풍지 떠는 소리가 요란했다. 방 가운데 화롯불만이 유일한 낙이었다. 화롯불 속의 고구마 구워지는 냄새에 추위도 잊었던 것 같다. 가물거리는 호롱불에 내일의 희망을 걸고, 서로 부둥켜안고 체온으로 솜이불을 데우며 잠을 청해야만 했었다.

내가 군에 입대할 무렵 부모님은 그동안 정든 집을 떠나 백 미터쯤 떨어진 아래 마을로 이사하셨다. 아버지의 반대에도 비탈길에 이골난 어머니의 투정 같은 오랜 설득 끝에 집을 옮기게 되었다. 어머니 인생 오십 고비가 넘어서야 겨우 어머니가 비탈길을 벗어나고자 했던 소원이 절반쯤 이루어진 것이다. 그 집은 어머니가 물동이를 이고 다니던 고갯마루에 있었고, 펌프 샘이 있어 물 기르러 다닐 필요가 없었다. 그러나 여전히 집 대문까지는 십 미터쯤 비탈길을 남겨두고 있었다.

이사한 집은 생활하기가 불편한 옛집이었지만, 부모님이 삼십여 년 동안 살아오면서 구조를 현대식으로 편리하게 꾸몄다. 거실도 만들고, 온돌을 보일러로 교체하고, 실내 화장실을 만들고, 부엌을 입식으로 고쳐 제법 살만한 집이 되었다. 다소 높은 곳에 있긴 하지만, 공원 기슭의 양지바른 곳에 있어 공기가 맑고, 앞이 탁 트여 전망도 좋으며 정남향이라 햇볕이 거실 안까지 깊숙이 들어와 겨울에는 따뜻하고, 여름에는 그늘이 지고 바람도 불어와 시원했다.

녹색 철 대문을 열고 집에 들어서면 좌측 울타리 옆 석류나무 한 그루가 제일 먼저 반긴다. 추석에 집에 갈 때마다 주홍색 복주머니에 루비 보석을 가득 담고 있던 석류가 주머니를 터트리며 함박웃음을 짓는다. 정원에는 어린 시절 형과 함께 심었던 은목서, 호랑가시나무, 향나무, 철쭉, 서향, 동백나무, 영산홍 등과 어머니가 정성을 들여 가꾸어 놓은 단풍나무, 목단, 작약, 장미와 각종 화초가 마당을 꽉 메왔다. 어머니는 꽃을 좋아하셔서 많은 화초와 각종 선인장을 집안 구석구석에 놓아두고 길렀다. 화초들이 지난겨울 혹한에 다시는 올 수 없는 주인을 기다리다 많이 얼어 죽기도 했다.

마당을 지나 텃밭 초입에 커다란 무쇠 가마솥이 걸려 있다. 할머니에 이어 어머니가 사용해 왔던 이 솥단지는 솥뚜껑의 까만 표면에 번지르르한 윤기가 흘러 세월의 흔적을 느낄 수 있다. 그 옆에 어머니의 손에 닳아버린 학독(돌로 만든 절구통)을 보면 어머니가 동생을 등에 업고 보리쌀과 고추를 갈던 모습이 생각난다. 한때 우리 집 방앗간 역할을 했던 도구통(나무로 된 절구통)은 세월의 무게를 견디지 못하고 썩어가고 있다. 이 도구통은 어머니가 보리 방아도 찧고, 올벼 쌀도 만들고, 한겨울 쌀을 빻으면서 흘렸던 눈물받이였다. 또한, 어머니가 장손 집 맏며느리로 들어와 시집살이의 설움과 고달픈 인생을 살아오면서, 남몰래 고개 숙이고 눈물을 흘리며 방아를 찧었던 어머니의 한풀이 도구이기도 했다.

집 우측 햇볕이 잘 드는 양지쪽, 창고 담벼락 아래에 있는 넓은 장독대에는 크고 작은 항아리들이 뒤섞여 있지만, 자연스럽게 조화가 잘 되어 있다. 커다란 독 안에서는 어머니의 손맛이 배인 된장과 간장이 무르익는다. 어머니의 정성을 먹고 익은 된장이라 맛이 훨씬 좋고 쌈 맛도 더 좋은 게 틀림없다. 지금도 어머니가 생전에 마지막으로 보내주신 된장이 조금 남아 있지만, 아끼고 아껴서 먹는다. 인제는 어머니 손맛을 느낄 수 있는 된장을 어디에서도 구할 수 없기 때문이다.

집 옆 경사진 언덕에 세 계단으로 일구어놓은 넓은 텃밭 주위에는 감나무, 밤나무, 자두나무, 대추나무, 오가피, 헛개나무 등이 있고 밭에는 각종 채소가 푸릇푸릇 자란다. 고향에 내려올 때마다 텃밭에 가서 연한 상추나 배추를 뽑아 한술 밥에 된장을 싸서 입이 미어지게 밀어 넣으면 아삭아삭 씹히는 맛이 별미였다. 사서 먹는 상추 쌈과는 맛이 확연하게 차이가 난다. 온 가족이 함께 모이는 날이면 마당에 둘러앉아 모닥불 피워 놓고, 삼겹살을 구워 상추에 싸서 안주로 먹으면 술이 술술 넘어갔다.

아버지와 어머니는 텃밭을 일구어 각종 채소며 과일을 자식들에게 골고루 나누어 주었다. 어머니는 돌아가시기 전 십여 년간 무릎 관절염으로 많은 고생을 하면서도 오직 자식들을 위하여 텃밭을 놀리지 않으시고 지켰다. 지난여름에는 어머니 생전에 마지막으로 심어놓은 상추와 연한 배추를 뜯어다 쌈을 싸 먹으며 어머니의 고통을 통감할 수 있었고, 가을엔 어머니가 심어놓은 토란을 캐면서 돌아가신 어머니 생각에 눈물을 흘렸다. 밭고랑 사이에 묻힌 어머니의 손때 묻은 호미를 보는 순간 가슴이 터질 것만 같았다.

그동안 나는 부모님이 아픈 다리를 끌고 비탈진 텃밭에 어렵사리 오르내리며, 가꾸어 보내주신 채소나 곡식을 받아먹는 데만 급급했다. 택배가 도착하는 날 감사 전화 한 통, 때때로 생활비 조금 보내드린 것이 고작이었다. 부모님이 자식에게 보내주신 것 자체가 보내드리는 생활비나 용돈에 대한 부모님의 의무쯤으로 생각했을 뿐, 부모님의 자식에 대한 사랑 그리고 부모님의 정성과 고통의 산물이라는 사실을 뼈저리게 느껴보지 못했다. 어머니의 손맛이 그리워지는 지금에야, 부모님이 까만 비닐봉지에 하나라도 더 넣으려 차곡차곡 담아 보내주시던 채소며 곡물, 된장, 고추장, 참기름 등이 부모님의 땀과 눈물 그리고 자식에 대한 사랑으로 여겨졌다.

고갯마루 비탈길 옆에 있는 고향 집은 한 폭의 수채화 같았다. 하지만, 대문까지 십 미터 정도에 불과한 비탈길은 점점 심해지는 무릎 관절염을 앓고 있는 어머니에게는 십 리 길 걷는 만큼이나 힘든 길이었으며, 평생 한이 맺힌 길이 되고 말았다. 비탈길은 어머니가 무릎 관절염으로 고생하면서부터 어머니 삶의 굴레가 되어버린 것이다. 그래서 어머니는 늘 평지로 이사하기를 원했지만, 아버지가 그 집에서 여생을 보내고자 고집하시는 바람에 결국 어머니의 소원은 돌아가실 때까지도 이루어지지 못하게 되었다. 따라서 고향 집만을 고집한 아버지의 잘못이 크지만, 어머니를 위한 아무런 대책도 세워 드리지 못한 자식들의 책임 또한 큰 것 같다. 이것이 두고두고 내 마음을 아프게 한다.

이제 와서 마음 아파한들 무슨 소용 있겠는가! 조선 중기 문신 송강(松江) 정철의 〈훈민가〉에도 '부모님께서 살아계실 때 섬기는 일을 다하여라. 돌아가신 뒤에 애달프다 한들 어찌하겠는가? 평생에 다시 할 수 없는 일이 부모님을 섬기는 일뿐인가 하노라.'라고 가르치고 있는 것 같다.

훈민가 - 아바님 날 나흐시고(16수 중 2수)

아바님 날 나흐시고 어마님 날 기르시니
두 분 곳 아니시면 이 몸이 사라 실가
하늘 같은 가 업슨 은덕을 어데 다혀 갑사오리

어버이 사라실 제 섬길 일란 다 하여라
디나간 후면 애닯다 엇디 하리
평생에 곳텨 못할 일이 잇뿐인가 하노라

그리운 정든 고향

전라남도 장성군 장성읍 영천리, 부모님과 내가 태어나서 자랐던 고향은 머나먼 남쪽 하늘 아래 아름답고 아담한 농촌이었다. 동네 좌측으로는 용이 꿈틀대듯 구부러진 '황룡강'이 흐르고, 우측으로는 노령산맥의 끝자락에 백호가 포효하듯 우람찬 '재봉산'이 우뚝 솟아있다. 옛날부터 산 좋고 물 맑은 곳, 조선 명종 때 저명한 학자 하서(河西) 김인후 선생이 벼슬을 물리치고 이곳에서 학행에 힘쓰면서 이 강, 이 산을 바라보며 시조를 읊기도 했던 곳이 아니던가.

조상 대대로 그리고 부모님도 이처럼 산 좋고 물 맑은 이곳에서 아들, 딸 낳고 기르면서 자연과 함께 절로 절로 살아오셨던 것 같다. 절로 자란 청산과 절로 흐르는 녹수 속에서 나를 낳아 키워주신 어버이 은혜에 감사드리면서 김인후 선생의 시조〈청산도 절로 절로〉를 읊어 본다.

고향 그리움

어느새 울긋불긋 꽃 대궐
산야에 새싹이 돋아나고
산천초목 푸르름에 어깨를 펴고
쏟아지는 햇살에 가슴이 부푼다.

꾸불꾸불 비탈길은 꿈길
굽이굽이 고갯길은 희망 길
인연의 언덕은 추억의 동산
언덕 위 둥지에 사랑이 꽃피운다.

엄마 품 같은 아늑함
소박한 향기 그윽함
추억이 물결 치는 아름다움
끝없이 펼쳐지는 마음의 홀로그램
애틋한 그리움이 방울방울 샘 솟는다.

청산도 절로 절로

녹수도 절로 절로

산 절로 수 절로

산수 간에 나도 절로

이 중에 절로 자란 몸이

늙기도 절로 절로 하리라

　나는 고향을 떠나 서른네 번째 새봄을 맞고 있다. 고향에 부모님
과 친구들 그리고 눈에 선한 고향 산하를 가슴에 담고, 간단한 생활
도구와 옷가지 몇 개를 챙겨서 서울로 올라왔었다. 사회 초년생으로
직장 생활을 시작하게 되면서 첫 근무지로 향했던 것이다. 이때부터
나는 타향에서 홀로서기를 시작했지만, 내 마음만은 항상 고향 하늘
아래 머물고 있었고, 힘들 때면 고향에 계신 부모님을 생각하면서 향
수를 달래곤 했다.

　유년 시절, 봄이 되면 산골 중턱 여기저기에 흩어져 피어 있는 연
분홍 빛깔의 진달래꽃을 따서 먹고, 시리도록 맑은 물이 흐르는 산골
짜기 돌 틈 사이에 웅크리고 숨어 있는 가재도 잡았다. 여름이면 매
미 울음소리 들으며 잠자리와 술래잡기 하다가, 계곡의 작은 폭포에
서 물장구치며 놀던 때가 생각난다. 가을오면 들국화 향기 맡으며 예

쁜 단풍잎을 따오고, 겨울에는 눈사람과 함께 썰매타던 추억이 서린
뒷동산이 그립다.

재봉산은 아버지와 나에게는 인연이 깊고 정든 산이다. 젊은 시절
아버지는 나를 데리고 이 산에 자주 오르내리셨다. 그런데 아버지는
산에 오를 때마다 지게를 지고 다녔다. 운동 삼아 산에 오르거나 산

이 좋아 산을 찾았다면 지게는 벗어 놓고 작대기만 필요했을 것이다. 사실은 아버지는 생계의 수단으로 산에 올라가야만 했다. 산에 가서 축대나 주춧돌용 큰 돌을 채취해 지게에 짊어지고 오셨다. 집 앞마당 에는 항상 아버지가 산에서 틈틈이 가져다 놓은 돌덩어리로 가득했 다. 그 돌들은 어린 시절 나의 놀이터이기도 했는데 가끔 돌이 팔려 나가 텅 빈 마당을 보면 왠지 서운하기 그지없었다. 집을 지을 때나 축대를 쌓을 때 필요한 사람들이 사가곤 했다. 농한기 때 수시로 주 위 모은 돌이 살림에 조금이나마 보탬이 되었던 것 같다. 시골에서는 달리 돈벌이가 쉽지 않았기 때문이다. 만일 아버지가 돌덩어리를 나 르는데 쏟았던 노력과 정열을 다른데 사용했더라면 하는 아쉬움은 있다.

여름철이면 아버지는 바지게를 지고 산에 오른다. 아버지는 퇴비 용 풀을 베어 바지게가 넘치도록 한 짐 짊어지고 내려오신다. 생각해 보니 아버지 장딴지의 핏줄(하지 정맥)이 튀어나온 것이 바로 무거 운 돌덩어리와 짐을 등에 짊어지고 산에 오르내렸기 때문이 아니었 던가 싶다.

아버지는 산에 오르내리다가 그늘에서 잠시 쉬면서 산아래 황룡 강 물길 따라 시선을 멈추며 노래를 부르시곤 하였다. 내가 아버지를 따라다니면서 들었던 노래 가운데 가장 기억에 남는 노래는 박재홍 노래(반야월 작사) 〈유정천리〉이다. 이 노래는 그 시대의 유행가이 기도 했다.

가련다 떠나련다 어린 아들 손을 잡고
감자 심고 수수 심는 두메산골 내 고향에
못살아도 나는 좋아 외로워도 나는 좋아
눈물 어린 보따리에 황혼빛이 젖어드네

세상을 원망하랴 내 아내를 원망하랴
누이동생 혜숙이야 행복하게 살아다오
가도 가도 끝이 없는 인생길은 몇 구비냐
유정천리 꽃이 피네 무정천리 눈이 오네

나는 한여름 태양빛이 강할 때는 바지게 그늘 밑에서 단잠을 자기도 하고, 혼자 심심하면 머루, 달래, 맹금도 따 먹고, 여치, 베짱이, 사마귀, 장수벌레를 잡으며 놀았던 기억이 생생하다. 하지만, 어린 시절 허구한 날 아버지를 따라 산에 오르내리면서도 돌덩이와 건초 다발을 짊어지고 힘겹게 내려가시는 아버지에 대해 미안한 마음을 갖거나 고생하신다는 생각을 한 번도 해본 적이 없었다.

명절 때가 되면 이 산 중턱에 있는 할아버지 할머니 묘소에 다녀온다. 산에 오른답시고 간편한 복장에 미리 준비해 놓은 등산화를 신고 산에 오른다. 빈손으로 올라가도 땀이 비 오듯 쏟아지고, 숨이 차서 중간에 몇 차례 쉬거나 약수터에 들러 물도 마시고 간다. 바로 이런 가파른 산을 아버지는 그 무거운 돌을 짊어지고 때로는 땔감이나 건초를 한 짐 가득 등에 지고 다니셨으니 얼마나 힘들었을까 상상이 가고도 남는다.

그동안 나는 지게를 지고 가파른 산에 오르내리셨던 아버지의 힘든 모습을 머릿속에 그려 본 적이 없다. 솔직히 말해서 지금까지 어린 시절을 회고하거나 부모님 인생의 발자취를 더듬어 볼 마음의 여유가 없었던 게 사실이다. 아버지가 내 곁을 영영 떠나신 뒤에야 비로소 그 옛날 아버지의 모습을 더듬어 보는 것이다.

아버지는 산에 오를 때는 검정 고무신을 신고, 발에 땀이 나면 미끄러질까 봐 새끼줄로 신발을 꼭꼭 묶은 채 산에 오르셨다. 나는 쉬었다가 가고 싶어도 산길에서 아버지를 놓칠까 봐 가슴에 숨이 턱턱 차올라도 쉴새 없이 부지런히 뒤따라 가야만 했다. 무거운 지게를 지고 내려가시는 아버지는 구슬땀을 흘리면서도 좀처럼 쉬지 않았다.

아버지는 인내심이 대단했고, 역도산 못지않은 강인한 체력을 가지셨다고 생각했다.

고등학교에 다닐 때까지만 해도 시골에서는 부엌 아궁이에 불을 지펴 밥을 짓고, 겨울철엔 군불을 때거나 고구마도 삶고, 쇠죽도 쑤면서 난방을 유지했기 때문에, 가을이면 땔감을 두둑이 쌓아 놓아야만 든든했다. 나도 그 산에 올라가 솔잎도 긁어오고, 솔방울도 따고 죽은 나무뿌리도 파고, 잘 마른 싸리나무, 갈대 등을 베어 등이 휘도록 짊어지고 오곤 했다.

60년대 우리나라 산은 대부분이 벌거숭이 산이었다. 재봉산도 바위와 자갈만 드러낸 민둥산이었다. 그래서 범국가적으로 조림사업을 벌이며 가구별로 울력(노력봉사)을 의무화 한 적이 있었다. 어느 날 우리 집에도 울력 통지가 나왔지만, 아버지 어머니 모두 다른 일터에 나가야만 하는 바람에 어른 한 명을 대신해 형과 둘이서 울력에 참가하여 온종일 동네 사람들과 함께 이 산에 어린 소나무를 심었던 적이 있다. 그때 우리가 심은 나무들이 지금은 앞이 보이지 않을 정도로 울창해졌고, 등산객이 즐겨 찾는 산림욕장으로 변모했다. 울창한 산은 주인 없는 우리 집을 내려다보면서 아버지가 올라오시기만을 기다리는 것 같다.

기차를 타고 고향에 다녀올 때마다 장성역에 들른다. 장성역 앞 표지석을 보면, 장성은 선사시대부터 많은 부족이 거주하여 일찍부터 발달한 문화권을 형성했던 곳이며 교통의 요충지였다고 한다. 삼한시대에는 장성읍이 마한 54국 중 고랍국이었던 것으로 추정되고, 백제시대에는 고호이(古戶伊), 통일신라시대에는 갑성(岬城)이라 불려 오다 고려 초에 이르러 현재의 명칭인 장성으로 바뀌었다고 한다.

몇 년 전 장성군청에 들러 고향의 변화하는 모습을 살펴볼 기회를 갖고『혁신의 모델 주식회사 장성군』제목의 글을 국정브리핑과 내 블로그에 올린 바 있었다. 나는 그 글에서 장성을 이렇게 소개했다.

『장성은 과거에는 잘 알려진 곳이 아니었다. '文不如 長城'이란 말이 있는데, 장성에서는 학문을 논하지 말라는 의미로서 장성은 예로부터 선비의 고장, 산 좋고 물 맑은 곳이었고 산업화 과정에서 다소 낙후된 도시였다. 그러나 요즘 장성은 혁신하는 도시, 홍길동의 고장으로 잘 알려졌다.

장성군은 이미 〈주식회사 장성군〉이라는 책자에 소개된 바와 같이 지방자치 행정의 성공적 모델로 제시되었다. 군 단위 자치단체로서는 제일 먼저 CI(County Identity)를 도입하고 군내 생산 농산물 브랜드화 사업추진을 통한 군민 소득 증대를 꾀했으며, 지자체 최초로

팀제 도입, 지자체 최초로 전자결재 시스템 도입, 군 단위 지자체 최초로 토지 민원행정 종합전산화 등 선진 행정을 펼쳤다.

이러한 혁신의 배경에는 『21세기 장성아카데미』가 있었다. 장성 아카데미는 지난 10여 년간 명사들의 강론이 이어지면서 선비의 고장의 맥을 이어 군민들의 마음 양식을 살찌게 했고, 지방행정 혁신의 원동력이 되었다. 「21세기 장성아카데미」는 〈세상을 바꾸는 것은 사람이고, 사람을 변화시키는 것은 교육이다〉라는 믿음에서 출발한 교육혁신의 성공사례로서 공무원과 주민의 의식을 혁신하고 지적 능력 배양을 통해 지방자치의 내실화를 기하면서 장성군의 정체성을 확립하는 데 이바지한 것으로 평가되고 있다.』라고 하면서 장성의 혁신하는 모습에 주목한 바 있다.

그리고 『장성은 호남 유림의 본산으로 문묘에 배향된 하서 김인후 선생을 위시하여 퇴계 이황 선생의 이기이원론에 맞서 사단칠정론 논쟁에서 이황 선생을 결국 굴복시켰던 고봉 기대승 선생, 그리고 성리학의 6대 가로 칭송되며 주리론과 주기론을 초월하여 유리론(唯理論)을 주장한 노사 기정진 선생을 배출한 곳이다. 그래서 '文不如長城'이란 말이 나오게 된 것 같다.』『이러한 지역적 전통이 오늘날 장성아카데미를 건재하게 한 배경인지도 모른다. 군수실 벽에 걸린 장성군 전도를 보면 장성은 첩첩이 산이요 골골이 물 뿐이었다. 그래서인지 백제 무왕 때 세워졌다고 전해지는 유명 고찰인 백양사가 있고 대원군의 서원철폐령에도 미훼철 되고 일제강점기나 한국전쟁 시에도 전혀 피해를 보지 않았던 필암서원을 위시하여 고산서원, 봉암서원이 자리 잡은 곳이 아닌가 싶다. 장성군은 군 면적의 63%가 임야이고 24%가 농경지이며 하천, 도로, 대지 등이 13%로 구성되어 있다 한다. 이러한 지리적 여건이 말해주듯 장성군은 태생적으로 일차산업에 의존해야만 했고 지역경제도 낙후될 수밖에 없었다.』라고 소개한 바 있다.

　장성은 지금은 혁신하는 도시로 탈바꿈한 지 오래되었지만, 내가 자랄 때만 해도 전형적인 농촌이었고, 자연이 살아 숨 쉬는 친환경 슬로우 시티였었다. 그 시절에는 인분이 비료 대용으로 농작물에 사용되었기 때문에 시골 어디를 가나 독특한 고향의 향기가 그윽했었다. 고향의 향수를 불러일으키는 그 냄새가 사라진 지도 오래된 것 같다. 어린 시절, '찐돌이' '통살이' '자치기' '연날리기'하면서 그리고 삐라를 주우면서 거름으로 뿌려둔 반쯤 마른 인분 덩어리들이 나뒹구는 바위 고개 주변의 밭에서 진한 냄새에도 아랑곳하지 않고 뛰어놀았던 그때가 생각난다. 밭 가운데나 가장자리에는 군데군데 인분 구덩이가 숨어있다. 호박을 심기위해서나 이듬해 봄 거름으로 쓰려고 구덩이를 파고 인분을 부어 겨우내 삭히는 것이다. 삭히는 동안 겉에 먼지가 쌓여 말라 있거나 눈이 덮여 있으면 지뢰처럼 감쪽같이 속아, 푹 빠지거나 미끄러지는 일이 비일비재 했다. 심한 경우 신발은 물론 손발이나 옷에 인분이 묻어 아무리 씻고 또 씻어도 독특하고 고약한 냄새가 며칠간 가시지 않았던 기억이 있다. 어느 날 밭에서 뛰어놀다가 어딘가에 인분이 묻은 줄도 모르고, 냄새 풍기며 집에 들어갔다가 어머니한테 부지깽이로 호되게 얻어맞은 적도 있다. 그 밭에서 온 종일 놀고도 질리지 않았던 그때의 그 향기가 오롯이 그리워지며 고향의 향수를 자극한다.

장성은 나에게는 그리운 고향이지만, 아버지 어머니에게는 정든 고향이다. 아버지와 어머니는 모두 장성에서 태어나 이곳에서 평생을 사시다가 정든 고향의 흙냄새와 풀 냄새를 맡으며 이 땅에서 잠드시고 계신다. 그리운 고향산천, 그 곳에 계신 그리운 부모님, 고향은 그리움이다.

아버지의 끝없는 고향 애착

아버지는 조상 대대로 내려온 유교적 전통을 신봉하고 예의범절을
중시하였다. 자식들에게 준법정신을 강조하면서 정의가 무엇인지
알게 해주셨다. 그래서인지 고지식하고 고집스러울 만큼 강직하였
다. 어찌 보면 매사에 미련스럽다 할 정도로 당신이 손해를 보더라도
주변에 손해를 끼치지 않으셨고, 우직하게 몸소 실천하는 고달픈 인
생을 살아왔던 것이다.

　아버지는 고지식하면서도 한편으로는 장난기 넘치리만큼 해학과
위트가 풍부했으나, 성격은 불같으셨다. 화가 나면 어떤 때는 스스로
가슴을 치거나 괜히 살림살이에 화풀이하는 식이었다. 급한 성격임
에도 자식들에게는 매질하거나 화를 내신 적이 없을 정도로 온화하
였지만, 빈틈을 보이지 않는 어머니에게만은 왠지 권위적이고 다정
다감하지 못했던 것 같았다.

　아버지의 마음속에는 근본적으로 변화를 싫어하는 보수적 성향이

강하게 자리 잡고 있었다. 진취적인 어머니 성격과는 대조적이어서, 그동안 살아오면서 어머니와 잦은 의견 충돌을 빚기도 했다. 특히 장사라도 해서 가난을 벗어나 보려 했던 어머니의 의지와 장사수완은 아버지의 극구반대에 부딪혀 갈등만 남기고 흙에 묻히고 말았다. 아버지는 먹고살기도 어려운 살림을 하면서 지나치다 할 정도로 조상의 제사와 선산은 정성을 다하여 모시고, 철저하게 관리하셨다. 다리가 불편하실 때에도 어렵게 산에 다니며 벌초를 하셨다. 심지어 독사에 물리기도 했고, 벌에 쏘인 적도 있었다. 또한, 가문의 일이나 종친회 일이라면 밥은 굶어도 앞장서셨다. 한번은 일제강점기 이래 소작해 왔던 집 근처 밭떼기를 아무런 상의 없이 종친회 회관 부지로 그냥 내주고서 어머니의 원성을 들은 적도 있었다.

아버지는 족보를 신줏단지처럼 모시고, 가끔 족보 책을 꺼내어 들여다보시곤 했다. 특히 고향 선산의 선대 조상 중 조선 시대 종2품 가선대부(嘉善大夫) 품계를 받고 '한성부 좌윤(左尹)' (서울특별시 부시장) 겸 '오위도총부 부총관(五衛都摠府 副摠管)'을 지내신 윗대 할아버지를 자랑스럽게 여기면서 묘지를 지키며 살아오셨다.

추석 무렵이면 해마다 아버지와 함께 선산의 벌초를 했다. 선산은 조상 묘들이 워낙 크고 주변이 넓어서 대여섯 명이 한나절은 땀을 흘려야 끝이 난다. 언젠가 벌초하다가 나무 그늘에서 잠시 땀을 식히면서 아버지는 여기가 명당이라고 자랑하셨다.

"배산임수에 좌청룡 우백호가 확실하잖냐?"

"저그 앞산을 보라, 일직선으로 쭉 뻗은 것이 필시 장군봉이 아니고 무엇이것냐?"

"근데 우리 집안은 왜 이렇게 못 산다요?"하고 묻자 아버지는

"나도 할아버지한테 들은 야긴 디, 후손 중에서 암행어사 잘못 다뤄 몰락해버렸다고 하더라."

"제가 봐도 양지바르고 포근한 자리인 것 같네요."

내가 선산에 대해 조금이라도 관심을 보이면 아버지는 신이 나신다.

"그래서 이 마을이 봉성실(鳳盛實)이라고 부른단다."

"바로 봉황이 알을 낳고 품는 곳이지"

아버지는 무언가 조상묘지에 대해 기대를 하는 듯했다. 혹시 후대에라도 로또 복권 당첨 같은 놀라운 후광이 비치기를 바랐을 것이다. 정치인이든 경제인이든 한 인물 나와주었으면 하는 바람일 것이다. 이것이 모든 부모님의 밑도 끝도 없는 자식 사랑하는 마음인 것 같다.

아버지는 고향에 지나치게 애착을 보였고, 고향을 떠나려 하지 않

왔다. 심지어는 집을 못 잊어 먼 여행도 잘 하지 않으셨다. 또한, 다른 곳으로 이사하는 것은 생각도 못하게 했고, 자식들이 시골집을 정리하고 서울로 오시라고 해도 싫어하셨다. 그래서 어머니께서 더 고생하셨는지도 모른다.

조상 대대로 살아온 정든 곳을 못 잊어서 그랬을까?
아니면 장손으로서 의무감 때문이었을까?
혹은 흙이 좋아 흙과 함께 살고 싶어서 그랬을까?
아니면 막연히 도시가 싫어서 그랬을까?
지나친 비약이지만, 가슴속에 담아둔 인연이 찾아올까 봐 그랬을까?

조상에 대한 애착이 너무 강해서 아버지가 고향을 떠나려 하지 않았던 것이 분명하다. 이제야 아버지가 왜 고향을 고수하려고 집착하셨는지를 조금은 이해할 것 같다. 하지만, 아버지의 보수적인 성향과 고향에 대한 집착이야말로 아버지와 어머니 인생의 굴레였던 것이다.

자식들이 출가하여 전국 각지에 흩어져 살고 있어도 부모님은 농사일과 집에서 기르는 가축들 때문에 여간해서는 집을 비우지 못했다. 그래서 자식들 집 방문을 별로 못하셨고, 원거리 여행도 잘 가시질 못했다. 서울에 올라오시더라도 볼일만 끝나면 곧바로 내려가시기 일쑤였다. 내가 주재하고 있던 인도네시아에 부모님이 모처럼 큰 맘 먹고 다녀가신 적이 있다. 집을 보름이나 비우고 오신 것이 하도 신기해서 어머니에게 물어봤더니, 아버지가 외국은 가 보고 싶었는지 집에서 기르던 돼지와 개, 한 마리 남은 씨암탉까지 모조리 팔아 치우고 오셨다고 하셨다. 그동안에도 제주도 동생 집이나 대구 누나 집에도 몇 차례씩 다녀오셨었는데 가축 못 잊어 어떻게 몇 날을 보내셨을까 궁금하다.

몇 년 전 언젠가 부모님께서 어머니 형제간 계 모임이 있어 서울에 오셨다. 서울역에 나가보니 두 분이 아들들 줄려고 농산물을 골고루 챙겨서 머리에 이고, 등에 지고 힘들게 걸어 나오시며 아버지가 한 말씀 하셨다.

"많이 좀 가지고 오고 싶어도 이놈의 다리가 성해야 갖고 오제"

"무거운디 힘들게 갖고 오시면서 고생하세요!"

내가 얼른 짐을 받아 들며 인사했다.

"아이고 인자 서울도 못 다니겄다. 오사게도 멀다냐."

"서울은 뭔 놈의 계단이 요렇게도 많은지…."

어머니께서는 무릎이 편찮아 힘드셨는지 한쪽 무릎을 주무르고 두드리면서 푸념하신다.

"옛날에는 나무 싣고 청량리나 노량진도 많이 다녔는디, 다 바까

져서 도대체 어디가 어딘지 알 수가 있어야 지야."

아버지는 정신없이 내달리는 차량과 높은 빌딩들을 보시더니 고개를 절레절레 흔드셨다.

"니기 엄마 없으면 다니지도 못해야!"

오랜만에 서울에 오신 아버지는 옛날 생각만 하고 연방 두리번거렸다.

다음날 계 모임이 끝나자마자 아버지는 어머니에게 얼른 집에 가자고 보채셨다.

"개, 돼지 다 굶어 죽으면 어쩔라고 갈 생각허지 않고 문그작 문그작 허고 있는가!"

"집에다 꿀단지 숨겨 놓고 왔간디 서울만 오면 가자고 해싸요."

어머니가 싫어하시자 불같은 성질의 아버지는 참지 못하고 일어나시며,

"나 혼자 내려 갈랑게, 자네는 여그서 살아불소."

모처럼 올라오신 어머니는 아들네 집들도 돌아다니며 쉬고 싶어 하셨지만, 아버지 성화에 못 이겨 아버지를 따라나서야만 했다. 그러면서 한마디 응수하신다.

"개, 돼지 밥 넉넉히 주고 왔어라우. 고것들이 몇 끼 굶긴다고 죽는다요?"

화가 잔뜩 난 어머니는 아버지에게 선전 포고를 하셨다.

"인자 절대 같이는 서울 안 올 텐게 그리 아시오."

"같이 오면 내 손가락에 장을 지지요, 두고 보시오."

두 분은 서로 질세라 톤을 높이며 자기주장을 하셨다.

그 말이 씨가 되었는지 그 후 두 분이 함께 오신 적이 없었다. 아버지 다리가 불편해 장거리 거동이 어렵게 되면서 서울에는 어머니만 잠깐 다녀가시곤 했다.

아버지는 공기 좋고, 넓고 탁 트인 시골집에 살다가, 모처럼 서울에 오시면 닭장 같은 밀폐된 아파트와 복잡한 교통 때문에 서울은 답답해서 싫다고 하셨다.

"서울에서는 숨이나 제대로 쉬고 사나?"

"나는 집 주고 그저 살라고 해도 못 살겠더라."

아버지는 항상 오시기가 바쁘게 내려가실 걱정부터 하셨다.

아버지가 고향을 고수하고 집착을 보인 것은 정든 땅, 정든 집에서 어머니와 함께 오순도순 여생을 보내려고 그랬을 것이다. 그래서일까? 아버지는 홍세민 노래 〈흙에 살리라〉를 즐겨 부르셨다.

노래 가사 중에서 "왜 남들은 고향을 버릴까 고향을 버릴까/ 나는

야 흙에 살리라/ 내 사랑 順이와 손을 맞잡고 흙에 살리라"를 특히 감
정을 넣어 힘주어 부르시곤 하셨다. 어머니가 順이라서 다분히 어머
니를 의식하고 부르셨던 것 같다.

아버지의 인생 노래

오늘도 걷는다마는 정처 없는 이 발길

지나온 자욱마다 눈물 고였네

선창가 고동 소리 옛 님이 그리워도

나그네 흐를 길은 한이 없어라

아버지는 평소 판소리도 하고 노래도 구성지게 잘 부르셨다. 특히 고려성 작사 백년설 노래 〈나그네 설움〉을 특히 즐겨 부르셨던 것 같다.

왜 아버지는 이 노래를 즐겨 불렀을까? 아버지가 이 노래를 부르면 유난히도 구성지게 들리고 뭔가 깊은 사연이 있는 것처럼 느껴지곤 했다.

아버지는 청년기에 일본에 징용으로 끌려가 강제 노동을 하다가 해방 후 귀국하기까지 파란만장한 삶을 사셨다. 그 후 동족상잔의 비극 6·25동란을 겪으며 사별의 아픔과 피난살이의 고통도 겪으신 분이다. 가문의 장손으로서 조상 묘소를 지키면서 부모님을 모시고, 동생들과 함께 살면서 가족의 생계를 책임져야 했다. 한때 산판(山坂)

에 나가 나무를 베는 일과 제재소에서 나무를 켜는 일도 하셨다. 결혼 후에는 얼마 되지 않는 논과 밭을 일구면서 정미소에서도 일하시고, 농한기인 겨울철에는 한천공장에 나가 하얗게 꽁꽁 언 들판에서 야간 경비를 하시면서 가족 위해 헌신하셨다. 아버지는 가족 생계와 자식들 학비를 마련하기 위해 온갖 노동은 다하시며 사신 분이다. 슬하에 2남5녀의 자식을 먹여 살리면서 가르치고 출가시키느라 어깨가 무거웠을 것이다. 아버지의 고달픈 삶은 이루 말로 형용할 수 없다. 한마디로 지나온 인생의 발자국마다 눈물이 고였고, 아버지의 설움은 한이 없었다.

아버지는 고달프고 서러울 때는 〈나그네 설움〉 노래를 즐겨 불렀지만, 자식들에겐 눈물을 보여주지 않았다. 겉으로 봐선 농사꾼 체질이 아니지만, 묵묵히 일만 하신 아버지였다. 생존을 위해서 그리고 더 나은 삶을 위해서 체면도 겉치레도 팽개치고, 열심히 살아가신 아버지는 자식들의 본보기가 되었다.

중학교 입학 후 얼마 안 돼서였다. 내가 반장으로 뽑혀 어깨에 힘주고 읍내 사는 친구들과 한참 어울리던 때였다. 학교에서 파해 친구들과 어울려 집으로 가던 길에 시장통을 지나고 있었다. 택시 한 대 지날 수 있을 정도의 좁은 길이었다. 가게를 기웃기웃하기도 하고 장난도 치면서 가다가 똥장군이 다가오는 줄도 몰랐다. 점점 가까이 오자 누군가가 코를 막으며 침을 '퉤'하고 뱉었다. 똥장군을 짊어진 아저씨가 고개를 숙이고 땅만 쳐다보며 지게를 짊어진 채 출렁이는 통을 양손으로 붙잡고 눈앞으로 다가오고 있었다. 아무리 고개를 숙였지만, 나는 아버지를 알아볼 수 있었다. 아버지도 나를 멀리서 알아보고 고개를 숙였을 것이다. 나는 아버지가 아는 체 할까 봐 마음이 두근거렸다. 냄새를 피하는 척 모자로 코와 입을 가리고 한쪽으로 비켜서며 아버지를 외면하고 지나갔다. 안도의 한숨을 내쉬며 친구들과 함께 태연하게 침을 뱉어야만 했었다. 내가 뱉어낸 침은 내 마음속에 흐르는 눈물과 눈에서 목구멍으로 흘렀던 눈물이었다. 내 아들이라고 당당히 밝히지 않고, 멀리서부터 고개를 숙이며 모른 체 지나가야 했던 아버지의 마음은 오죽했을까! 자가용을 타고 오는 분이 아버지였다면 어떠했을까? 아버지의 자식사랑은 똥장군을 짊어지고 가는 순간에도 이어진다.

나는 지금까지 살아오면서 나에게 아버지가 있다는 사실만으로도 마음이 든든했다. 아버지는 가족의 구심적 존재였고, 내 마음의 구심점이었다. 아버지는 항상 가족에게는 큰 그늘과 우산이 되고, 어려울 때는 버팀목이 되고, 기댈 수 있는 언덕이었다. 항상 나의 앞길을 걱정해 주시고, 더 잘하도록 독려해 주시고, 내가 어려울 때 용기와 힘을 불어넣어 주신 그런 아버지가 존경스러웠다. 근검절약이 몸에 배어 있고, 자식을 위해 땀방울을 아끼지 않고 헌신하신 그런 아버지가 한없이 자랑스럽다.

자랑스러운 아버지

겉으로 보나 속으로 보나 농사꾼과 안 어울리는 아버지
논 다랑이 밭 다랑이 작다 마다치 않고 농사짓던 아버지
똥장군 등에 지고 당당하게 시장통을 활보하신 아버지
우리 논 남의 논 안 가리고 피 뽑고 물 대주는 아버지
자식들 가르치고 시집 장가보내려고 밤낮을 바꿔 살던 아버지
노동에 채이고 땀에 찌든 그런 아버지가 자랑스럽다.

초상집 다녀와 주머니에서 수래미 발 꺼내주는 아버지
추운 겨울 밤새워 오돌오돌 떨며 청둥오리 잡아오는 아버지
독사에 물리고 벌에 쫓겨도 산소를 지켜내신 아버지
새 자전거 두고 헌 자전거 빵구 때워 즐겨 타는 아버지
새 양복 좋은 옷은 옷장에 모셔놓고 헌 작업복만 좋아하는 아버지
겉으로는 어수룩해도 속이 꽉 찬 그런 아버지가 자랑스럽다.

가슴에 묻어 둔 인연

누구에게나 인생을 살아가면서 인연에 얽힌 추억이 있을 것이다. 그냥 스쳐 지나가는 인연도 있을 것이고, 오래 기억하고 싶은 소중한 인연도 있을 것이며, 영원히 함께할 인연도 있을 것이다.

아버지에게도 인연과 얽힌 아름다운 추억이 있다. 아버지는 인생에서 지워지지 않는 4명의 여자가 있었다. 어린 두 딸을 두고 세상을 떠나신 첫 번째 부인인 큰어머니가 계셨고, 그 후 재혼한 어머니가 계셨다. 그러나 아버지에게는 어머니와 결혼 전 사귀었던 또 다른 한 여인이 있었던 것이다. 그리고 총각 시절부터 일본 징용 가서까지 이어진 묘한 인연이 있을 정도로 아버지는 말 못할 사연들을 가슴에 안고 어머니와 살아오고 있었다.

십여 년 전 내가 고향에 내려갔을 때 우연히 어머니에게서 들은 말이다. 그날 오후 느지막하게 집에 도착한 나는, 텃밭에서 지는 해를 등지고 허리를 구부린 채 호미질하고 계시는 어머니를 볼 수 있었다.

"시상에 풀을 뽑고 뒤돌아서면 또 풀이다. 뭔 놈의 풀이 요렇게 뽑아도 뽑아도 나는가 모르겠어야."

어머니가 갑자기 발목을 탁 치시며,

"징상시럽게도 모기도 많다. 잠깐만 앉아 있어도 다 뜯어 먹을라고 헌다."

나는 무릎도 안 좋으신 어머니가 쭈그리고 앉아 모기가 우글거리는 밭에서 풀을 매는 모습이 안타까워 어머니 옆에 쪼그리고 앉아 잡초를 뽑기 시작했다.

"모기 뜯기고, 옷 버린 게 고만 허고 어서 들어가야!"

어머니는 자식 걱정에 들어가라고 하면서도 속내는 내가 모처럼 곁에 있어서 좋으신 듯했다.

들어가라고 말리시는 어머니 옆에서 단둘이 도란도란 이야기하면서 밭고랑 한 줄을 금세 다 맸다. 이렇게 어머니와 단둘이서 밭을 매보기는 얼마 만인지 모르겠다. 어머니는 아버지를 닮은 내 얼굴을 빤히 처다보시더니 아버지 모습이 떠올랐는지 아버지에 대한 이야기를 꺼내셨다.

"니기 아버지 외모는 어디다 내어 놓아도 안 빠져야!"

어머니는 평소와는 달리 뜬금없이 아버지 외모를 칭찬하셨다.

"그래서 젊어서는 여자들이 졸 졸 졸 따랐단다."

어머니의 호미질 소리가 거칠어 지면서,

"징용으로 일본에 가서까지 여자를 사귀었다고 허더라."

어머니는 여자로서 자존심이 상했던지 아니면 과거에도 아버지 때문에 속상한 일이 있었는지 아버지를 원망하는 듯한 어투였다.

"필시 둘 사이에 무슨 일이 있었응께 한국까지 왔다 갔을 테제."

"누가 왔다 갔다는 겁니까?"하고 내가 반문하자

"잘난 니 애비가 일본에서 사귀었다는 오까상인가 뭔가허는 여자 말이야."

어머니는 다소 격앙된 어조로 말씀하시며 다음 고랑으로 옮겨 호미질하셨다.

나는 잠시 말문이 막혔다. 어머니께서 왜 저렇게 반응하실까 생각하는 사이 잠시 침묵이 흐르자 어머니는 다시 말을 이어간다.

"살림 차리고 살았을랑가도 모르겄다."

해가 넘어가자 어머니의 모습이 푸른 빛으로 떨어지고 있었다.

"모르긴 몰라도 자식은 없는 것 같더라."

호미를 팽개치고 일어나 허리를 펴시는 어머니는 반신반의하면서도 자신을 위안하는 듯했다.

어머니와 나는 점점 어두워 오는 텃밭에서 나와 펌프 샘으로 갔다. 물을 좀 빼내고 나니 지하 깊은 곳에서 올라오는 물은 제법 차가 웠다. 웃통을 벗고 어머니가 뿌려주는 물로 등목을 하고 나니 간담이 서늘하면서 모기물린 살갗의 가려움도 사라졌다.

올해 설날 형님 댁에서 차례를 지내고 고모님과 큰누나, 매형, 형과 함께 아버지에 대해 이야기를 한적이 있다. 그런데 내가 알고 있는 것과 다른 부분이 있어 궁금증이 생겼다. 집에 돌아오자마자 고향에 계시는 작은아버지께 새해 인사를 드리면서 궁금하던 아버지의 청소년기에 대해 여쭈어 보았다.

"니 아버지는 젊었을 때 겁나게 활동적이었어야."

"일제시대 때 일본신문 배달하면서 신문을 겁나게 많이 읽어서 그런지 이것저것 모른 게 없었을 정도였지."

생전에 어머니 표현대로 아버지는 어디다 내어 놓아도 안 빠질 정도로 미남형이다. 쌍꺼풀진 눈에 진한 눈썹, 우뚝한 코, 잘 생긴 귀까지 조화를 이룬다. 내가 상상해봐도 아버지가 젊었을 때는 한 가닥 했을 법하다. 더구나 보통학교밖에 못 다녔지만, 일본 말과 일본 노래도 잘하시며 한문에도 능통하셨기에 일본 사람들과 대화가 쉽게 통했을 것으로 짐작된다.

작은아버지는 이미 세상을 떠나버린 형님에 대한 그리움에 과거를 회상하며 아버지 칭찬을 늘어놓으셨다.

"장성읍내 누가 어디서 사는지도 빠삭하게 쭉 꿰었다."

"더구나 인물이 훤칠하고 인상이 좋아서 여기저기서 서로 데려다 쓸라고 난리였제."

작은아버지는 어제 일처럼 소상하게 아버지의 젊은 시절 이야기를 서슴없이 해 주셨다.

"한동안 경찰서 급사도 하고, 아버지 외삼촌이 일하고 계셨던 동양척식회사의 지방관리소에서 일도 했지."

"그러다가 일본인 관리소장 딸인 "소노다'란 여자와 눈이 맞아 사귀기도 했제."

나는 깜짝 놀라며 "만약 관리소장이나 일본 순사에게 들켰으면 큰일 날 뻔했겠네요?'라고 반문하자

"아따 조심스럽게 만났을 테제, 사랑하는 게 무슨 죄라냐"

"내가 알기로는 '소노다' 상이 느그 아버지를 죽기 살기로 좋아했던 모양이더라."

작은아버지 말씀에 나는 그동안 몰랐던 아버지와 소노다상과의 인연을 확인한 후 추가로 궁금했던 것에 대해 질문을 드렸다.

"그런데 그 후 어떻게 되신 거여요?"

"니 아버지가 징용으로 끌려간 뒤 조금 있다가 그분도 일본으로 갔응께 생이별 안 했겄냐!"

잠시 무슨 생각을 하셨는지 아무 말도 안 하시다가 얼마 후 다시 말을 이어가셨다.

"보고 싶어서 그랬는지, 일본으로 간 뒤 다른 사람 통해 아버지 안부를 물었다는 말은 들었다만은…. 그 후로 우리는 다 잊어불고 살았제, 해방 되고 인공 터지고, 복잡 안했겄냐?"

"그러고 나서는 어찌고 되었는지 모르겄다."

"아 참! 언젠가 한번 찾아왔다고 니 엄마가 말 안허디?"

"아, 예…"짧게 대답하면서 나는 전화기에 대고 고개를 끄덕였다.

"글고 아버지 만나 볼라고 왔다가 못 만나고 간 다음에 편지 보내왔다는디 못 봤냐?"

"예, 어머니한테서 대충 이야기는 들었어요."

"그런데 아버지 말로는 일본에서 가깝게 지냈다는 오까상이 있다고 했는데 혹시 아시는 것 있어요?"

작은아버지는 금시초문이라는 반응이었다.

"몰라 그런 말은 처음 듣는다."

"니기 아버지가 언제 그런 말을 허디?"

작은아버지가 오히려 반문하시자 나는 "예'라고 짧게 대답했다.

"모르겄다 만은 나한테는 소노다상이 왔다 갔다고 허덩 것 같던디."

"자세한 것은 니 아버지가 당최 야그(이야기)를 안 허니께 잘 모르 겄다."

작은아버지도 아버지의 애정사를 자세히 알지는 못한 것 같았고, 설령 알았더라도 모두 지난 까마득한 옛날 일이라 의미를 두지 않으셨다.

아버지는 인생에서 이렇게 중요한 사연을 수십 년간 가슴속 깊이 묻어두고 살아왔던 것이었다. 그래서 간간이 선창가 고동소리와 옛임이 그리웠는지도 모른다. 그때마다 아버지는 〈나그네 설움〉을 불렀을 것이다.

어머니가 내게 처음으로 아버지의 과거 이야기를 하셨던 그날 이후 아버지 생신날 부모님과 자식들이 한자리에 모여 담소를 나누던 중 아버지의 옛 애인 이야기가 화제로 올랐다.

어머니가 맨 먼저 말씀을 꺼내셨다.

"며칠 전 일본에서 귀티 나는 한 여인이 우리 집을 찾아왔었다."

"아버지를 만나러 왔다가 못 만나고, 아버지 사진을 보고 눈시울을 붉히더라."

"무슨 사이길래 그때가 언젠디, 잊어불지도 않허고 찾아왔어야."

"서운허기는 헌 갑더라."

"니 아버지 맘 뒤숭숭허게 선물만 두고 갔다."

나는 아버지를 뵙고 가시게 붙잡지 않았냐고 물었다.

"첨에는 당황도 되었다마는 멀리서 일부러 오신 분이라 반갑게 맞이했다."

"아버지 오실 때까지 기다렸다가 만나고 가시라고 권유했지만, 차 한 잔 마시면서 기다리다가 열차 시간이 되어 못 만나고 갔어야."

어머니는 같은 여자로서 그리고 아버지를 의식해서 동정 섞인 반응을 보였다.

"인연이 뭐길래, 사랑이 뭔지…."

"나도 여자지만 참 대단하신 양반이더라."

어머니 이야기를 듣고 있던 가족들은 모두 놀라는 표정을 지으며 어머니 말을 숨죽이며 듣고만 있었다. 아울러 아버지의 표정 변화와 반응을 주시하고 있었다. 그 당시 어머니는 오까상이 징용 가서 처음 사귀게 된 분으로 알고 있었고, 아버지가 징용 가기 전 한국에서 소노다상과의 인연이 있는지는 전혀 모르고 있었다.

옆에 계시던 아버지는 남 이야기하듯 대충 얼버무리며, 그분을 오까상이라 칭했고 소노다상은 일체 언급 하지 않았다.

"내가 일본에 끌려가 오사카의 한 전기공장에서 일할 때 나를 좋아허는 '오까상'이 하나 있었다."

"세상에 인연이 참 묘하더라."

"한 2년 정도 사귀다가 해방되어 나오는 바람에 헤어졌다."

"해방이 되지 않았다면 거그서 오까상과 살아버렸을런지도 모르는데…."

어떤 사연이 있을 법도 하지만, 아버지는 어머니와 자식들 민망해서 그랬는지 다소 여운을 남긴 채 더는 언급을 하지 않으셨다.

아버지와 오까상과의 반세기만의 극적인 상봉이 빗나간 것은 아버지가 매일 한방병원에 재활 치료를 받으러 다니시고 계셨는데 그날도 멀리 떨어진 한방병원으로 떠나신 뒤였기 때문이다. 때마침 소노다상은 관광차 한국에 왔다가 일부러 시간을 내서 아버지를 만나러 왔으나 오래 머물 수 없는 상황이어서 서울로 돌아갔다. 소노다상은 50여 년 전 한국에서 아버지와 사귈 때 기억을 더듬어 물어물어 찾아왔던 것이다. 다행히 우리 동네가 크게 변하지 않았고, 우리 집도 옛날 집에서 가까운 곳으로 이사했기 때문에 쉽게 찾을 수 있었으나 아버지는 끝내 만날 수 없었다. 아버지도 소노다상도 말로 다 할 수 없는 아쉬움을 가슴에 묻어 두어야만 했었다. 아버지는 이 순간을 기다리며 평생 인연의 언덕 주위를 맴돌고 있었는지도 모른다는 생각을 하니 안타깝기 그지없다.

아버지는 일제 강점기였던 1943년 만 21세가 되던 해, 징용을 당

해 일본 요코하마에 있는 해군시설로 끌려가 오사카에 있는 한 전기
회사 공장에 노무 동원되었다. 아버지는 소노다상때문에 오사카를
노무 동원 희망지로 선택했는지도 모른다. 나는 그것과 관련해서 아
버지한테 들은 바 없어서 추측만 할 뿐이다. 궁금해서 국립중앙도서
관에서 발행한 '1945년 이전 한국관련 자료 해제집'을 찾아보았다. 거
기에 '國民徵用の解說'이라는 책자를 해설해 놓은 내용이 있었다. 일
제는 '1939년 제정된 '국민징용령'에 의해 일본 민간 기업에서 관의
허가를 받아 조선인 노동자를 모집하기 시작했고, 1942년 2월부터는
관의 알선 형식으로 전환, 일본 민간기업의 의뢰를 받아 경찰과 면
장 등이 명령하거나 지명했다.'라고 되어 있었다. 그래서 그 당시에
는 외형상은 자유의사에 의한 고용형태를 띠었다고 했다. 2차대전이
막바지에 이르자 일제는 1944년부터 국민징용령을 조선에도 적용해
'징용'이라는 가장 강력한 형태의 노동력 강제동원에 나섰다고 한다.
아버지 말씀으로는 노무 동원되어 처음에는 공장에서 일만 하다가
시간이 지나면서 관리소 청소나 심부름 등을 하게 되면서 회사 간부
집을 드나들게 되었다고 한다. 그러는 동안 신임을 얻게 되면서 활동
의 폭을 넓히게 되어 오까상과 만나게 되었다고 했었다. 구체적인 만
남의 과정은 밝히지 않았지만, 아버지는 이를 두고 "세상에 인연이
참 묘하더라."라고 하셨다.

그 당시 아버지로서는 한국에서 사랑을 나누다 부득이 헤어졌던 '소노다' 상이 눈에 아른거렸을 것이다. 더구나 오사카의 하늘 아래서 지나가는 여인들의 모습을 보면서 꿈에 그리던 소노다상을 몹시 만나고 싶어 했을 것이다. 아버지는 노무동원 되었지만, 조금이나마 임금을 받아 생활했던 것 같다. 아버지로부터 소노다상을 어떻게 다시 만났는지는 듣지 못했지만, 추측건대 한국에 있을 때 작은아버지 말씀처럼 두 분이 "죽기 살기로 좋아했다."하는 사이라면 아버지가 일본 징용으로 떠나면서 소노다상과 두 분만의 밀약이 있었을 것이다. 그래서 소노다상은 아버지와 눈물로 헤어진 후 얼마 안 되어 오사카로 돌아갔고, 일본에서 아버지가 그리워 한국에 있는 아는 사람을 통해 아버지 안부를 물었는지도 모른다. 아무튼, 우여곡절 끝에 두 분은 서로 만났을 것이고, 아버지는 소노다상의 도움으로 징용의 아픔을 잊고 살았지 않나 싶다.

아버지가 오까상 이야기를 하면서 '소노다'란 이름은 한 번도 언급하지 않았지만, 소노다상과의 관계는 이미 고향에서도 알려졌기 때문에 베일에 가려 놓고, 오까상이라고 불렀던 것 같다. 처음에는 소노다상과 아버지의 관계를 몰랐을 때는 아버지가 칭했던 '오까상'이란 여인을 일본에서 새로 사귀었을 것으로 생각했다. 그러나 여러 상황으로 볼 때 징용된 동원노동자로 그것도 조선인 신분으로 한국도

아닌 일본에서 그렇게 쉽게 일본인 여인을 사귀고, 연애한다는 것이
결코 쉬운 일이 아니다는 생각이 들었다.

일본에도 엄마가 있다?

나중에 알고 보니 아버지가 말했던 오까상은 이름도 아니고 또 다른 여자도 아니었다. 마음속에 묻어둔 소노다상을 의미한 것이다. 오까상은 우리말로 어머니라는 말이었다. 그러고 보니 어린 시절 아버지 따라 산에 갔을 때 그늘에서 쉬면서 아버지가 일본말, 일본노래를 하며 나에게 "일본에도 엄마가 하나 있다."라고 말했던 기억이 떠오른다. 그 당시에는 내가 어려서 무슨 뜻인지 몰랐다. 그러나 아버지는 잊히지 않는 그리움 때문에 농담 반, 진담 반 "일본에도 엄마가 하나 있다."란 말을 하셨고, 일본노래를 부르며 그리움을 달랬는지도 모른다.

소노다상이 아버지를 얼마나 사랑했으면 수십 년이 지나도 잊지 않고 국경을 넘어 물어 물어서 찾아왔겠는가? 두 분 사이에 무언가 애틋한 러브스토리가 있을 법 하지만, 아버지는 자체를 숨기는 것 같기도 했다. 그러나 가족들이 다 알아버린 얼마 뒤, 내가 시골집에 갔을 때의 일이다. 저녁 식사를 물린 후 아버지와 단둘이 있게 되었다. 그때 아버지는 일본에서 온 편지 이야기를 꺼내셨다.

"일본 오사카에서 오까상으로부터 편지가 왔어야!"

"징용 가서 만나 셨다는 분이요."하고 내가 말하자,

"그래, 오까상이 지금은 오사카에서 부자로 살고 있다고 헌다. 뭣이냐… 거 주렁 막대기 같은 것으로 공치러 댕기는 곳 말이야."

아버지는 갑자기 골프란 단어가 생각나지 않으신 듯 팔을 들어 스윙하는 포즈를 잡으셨다.

"아 골프장 말이에요?"

"맞아! 그것 허면서 돈 많이 벌었던 갑더라. 골프장 허고 있다고 나보다 놀러 오라고 안 허냐."

"정말로 가 보고 싶으세요?"

내가 묻자 아버지는 잠시 머뭇거리시더니 엉뚱한 답변을 하신다.

"이럴 줄 알았으면 진직 골프나 배워 둘 것인디."

"니기 어매랑 같이 가면 몰라도… ."

뒷말을 생략하고, 곧바로 말을 바꾸셨다.

"근데 요놈의 몸이 성하지 못해서 갈 수 있을랑가 모르겠다."

아버지는 마음 같아서는 금방이라도 날아가서 평생 가슴속 깊숙이 묻어두었던 여인을 죽기 전에 꼭 한 번쯤 만나고 싶었을 것이다. 그러나 어머니가 맘에 걸리신 모양이다. 또한, 몸이 편치 않아 추한 모습을 보여주고 싶지 않았을 것이다. 하지만, 아버지는 항상 일본을 동경하고 있었고, 일본 노래를 가끔 부르기도 했다. 그리고 바다를 경계로 일본에 사는 사랑하는 여인과 헤어져야만 했던 아픔으로 남모르게 갈매기처럼 목메어 울었는지도 모른다.

아버지의 인생노래이기도 한 〈나그네 설움〉의 노래 가사 중 "지나온 자욱마다 눈물 고였네/ 선창가 고동 소리 옛님이 그리워도"라는 소절이 더욱 애절하게 들려오는 듯하다.

가슴에 묻어둔 편지 한 통

　삼우제를 지내고 산에서 내려와 형님과 함께 아버지 유품을 정리하다가 족보, 전답 문서 등 주요 문서가 보관된 상자 안에서 국제우편 소인의 오래된 편지 한 통을 발견했다. 그 상자 속에는 옛날 할아버지 돌아가셨을 때 만든 부의록을 비롯해 각종 행사 축의금 장부, 아들들 장가보낼 때 받은 혼서지, 내가 학창 시절에 받았던 상장과 통지표, 아들들이 군 생활하면서 보낸 편지 등이 보관되어 있었다. 하나하나에 우리 집안 역사와 추억이 서려 있는 귀한 것이었지만, 우리는 꼭 필요한 것만 챙기고 대부분 불에 태워버렸다. 그 편지도 처음에는 무심코 불 속에 던졌다가 갑자기 아버지가 이야기했던 오까상 편지가 생각나, 단지 아버지의 한때 추억을 엿보고 싶은 마음에서, 막 타기 시작한 편지를 재빨리 끄집어내 불을 끄고 읽어보게 되었다. 봉투에는 일본 오사카 소인이 찍혀 있었고, 발신인 주소와 이름도 있었는데 무심결에 지나쳤다. 내용은 아버지가 칭했던 '오까상'이란 분이 한국을 다녀간 뒤 아버지에게 보고 싶은 마음과 보지 못하고 되돌아갔던 그때의 섭섭한 심정을 밝히고 있었다. 그리고 아버지와 헤어진 후 결혼해서 자식 낳고 잘살고 있으며 오사카에서 골프장을 경영한다고 소개하면서 오사카에 꼭 한 번 찾아오도록 초청한다는 내용이었다.

아버지는 이 편지를 보물처럼 상자 깊숙이 간직하고 틈나는 대로 꺼내 읽으셨던 것 같다.

아버지한테 편지에 관한 이야기를 들었을 당시에는 진지하게 생각하지 않고 그냥 흘려 들었던 것 같다. 지금 와서 생각해 보니 그 당시 아버지는 무덤덤하셨지만, 마음속으로는 일본에 가서 오까상을 만나서 무언가를 확인도 하고, 못다 한 사랑의 종지부를 찍고 싶었던 것 같다. 그 당시 나는 형과 함께 아버지와 어머니의 일본 여행을 논의한 적은 있었지만, 적극적인 추진을 하지 못했다. 때마침 직장에서 바쁜 일도 있었고, 얼마 있다가 외국으로 발령받아 나가게 되면서 더 이상 아버지에 대한 신경을 쓰지 못했다. 아버지의 깊은 마음을 헤아리고 아버지 살아 계셨을 때 일본 여행을 보내드렸더라면….

아버지의 러브스토리는 마치 피천득의 작품 '인연'에 나온 구절을 떠오르게 한다. 시인은 아사꼬라는 여인과 인연이 되어 헤어진 지 세 번밖에 만나지 못했지만, "세 번째 만남은 아니 만났어야 좋았을 것이다."라고 했다. 또한, "그리워하는 데도 한두 번 만나기도 하고, 일생을 못 잊으면서도 안 만나고 살기도 한다."라고 하지 않았는가?
　『그 집에 들어서자 마주친 것은 백합같이 시들어가는 아사꼬의 얼굴이었다.

"세월"이란 소설 이야기를 한 지 십 년이 더 지났었다. 그러나 그는 아직 싱싱하여야 할 젊은 나이다. 남편은 내가 상상한 것과 같이 일본 사람도 아니고, 미국 사람도 아닌, 그리고 진주군 장교라는 것을 뽐내는 것 같은 사나이였다. 아사꼬와 나는 절을 몇 번씩 하고 악수도 없이 헤어졌다.

그리워하는 데도 한 번 만나고는 못 만나게 되기도 하고, 일생을 못 잊으면서도 아니 만나고 살기도 한다. 아사꼬와 나는 세 번 만났다. 세 번째는 아니 만났어야 좋았을 것이다.』 (피천득의 '인연' 중)

어찌 보면 아버지와 소노다상간의 반세기 만의 세 번째 만남이 빗나갔기에 두 사람 사이의 인연이 더 아름답게 느껴지는 것 같다. 뇌졸중의 후유증으로 다리가 불편한 아버지의 모습을, 사랑했던 여인에게 보여 주지 않았던 것이 오히려 다행스럽게 생각된다. 물어물어 찾아온 소노다상은 50여 년 전 잘 생기고 활기 넘치며 사랑했던 아버지에 대한 기대감에 잔뜩 부풀어 있었기 때문이다. 마찬가지로 아버지도 그 옛날 한국과 일본에서 주위의 눈을 피해 가며 사랑했던 젊고 예쁜 소노다상을 가슴속에 품어 온 채 꿈에 그리며 살아왔기에, 변해버린 소노다상의 깊게 파인 주름살과 힘없이 처진 눈꺼풀을 보았다면 실망할 수 있기 때문이다. 그래서 때로는 못다 이룬 사랑이 더 아름다울 수 있는 것 같다.

아버지가 돌아가신 뒤에야 아버지의 다른 면을 확인할 수 있었다. 그동안 나는 아버지가 다소 고지식하고, 고집스럽기도 하며 일만 하는 무미건조한 분이라고 인식하고 있었다. 그런 아버지에게 추억의 로맨스가 있었고, 더구나 오랜 세월 동안 그 아름다운 인연을 가슴속에 평생 간직하고 있었다니 새삼스럽게 아버지가 멋진 남자로 느껴졌다. 한편, 수십 년 전의 인연 때문에 평생을 못 잊고 그리워하며 수십 년의 세월을 거슬러 인연의 언덕을 찾아왔던 소노다상 역시 인연의 끈을 놓지 않고 소중하게 지니고 살아왔었다니 왠지 멋진 여자일 것만 같다. 인연의 끈은 생각보다 강하고 끈질기다는 것을 새삼 느껴보았다. 비록 만나지 못하고 여운을 남긴 채 떠나갔던 소노다상의 뒷모습이 더욱 아름답게 보이는 것 같다. 마치 붉게 타올랐던 단풍이 사라질 때 느끼는 쓸쓸함과 장엄함이 버무려진 아름다운 가을 풍경처럼….

아버지는 어머니를 의식해서인지 감정을 드러내지 않은 채 마음속 한편에 접었던 젊은 날의 옛사랑이 소노다상의 갑작스러운 방문과 편지로 되살아났던 것이다. 아버지를 오래전에 사랑했던 한 여인의 애틋한 마음을 충분히 이해하면서, 이제는 영영 멀리 떠나버린 아버지를 대신하여 아버지의 마음을 아버지가 못 잊어 했던 한 여인에게 노랫말로라도 마음의 구름다리를 놓아 드리고 싶다. 아버지는 이미 세상을 떠나셨지만, 한때 아버지를 사랑했던 분이기에 오래오래 건강하게 사시기를 기원하면서 길옥윤 작사 패티김 노래 〈이별〉을 소노다 오까상에게 띄워 드린다.

어쩌다 생각이 나겠지 냉정한 사람이지만
그렇게 사랑했던 기억은 잊을 수는 없을 거야
때로는 보고파 지겠지 둥근 달을 쳐다 보면은
그 날밤 그 언약을 생각하면서 지난날을 후회할 거야
산을 넘고 멀리멀리 헤어졌건만
바다 건너 두 마음은 떨어졌지만
어쩌다 생각이 나겠지 냉정한 사람이지만
그렇게 사랑했던 기억은 잊을 수는 없을 거야 ~

무궁화 같은 어머니

어머니도 일제 강점기에 태어나 6·25동란을 겪으며 피난살이의 아픔을 딛고 넉넉하지 못한 집안의 맏며느리로 들어와 시부모, 남편, 시동생 모시며 눈물의 시집살이를 해야만 했다.

그 시대를 살아온 모든 어머니라면 누구나 겪는 아픔이겠지만, 어머니도 전통사회 여성에 대한 편견이 지배적인 그 시대에 벙어리 3년, 귀머거리 3년, 장님 3년의 세월을 거쳐야만 했고, 7남매나 되는 자식을 기르며, 가난 극복을 위해 땀과 눈물로 고달픈 인생을 살아오셨다.

무궁화를 우리나라 꽃이라고 하는 이유는 무궁화의 소박한 아름다움과 강인함이 고난의 역사를 극복해 왔던 우리 민족의 정신을 대변해 주기 때문이다. 무궁화 꽃을 보면 우리 어머니의 인생이 생각난다. 나는 소박한 아름다움과 강인한 생명력을 가진 무궁화 같은 우리 어머니를 전형적인 우리나라 어머니상이라 생각한다.

어머니는 80여 평생 생활력이 그 누구보다 강하셨다. 내가 느낀 어머니는 아버지보다도 모질고, 지혜롭고, 유능하며 손재주가 뛰어나신 분이었다. 농사일도 남자 못지않았다. 삽질이며 지게질도 잘하셨고, 더러는 아버지보다 능수능란하셨다. 심지어는 초가집 지붕 위에 올리는 '용마람'도 아버지는 못 틀었지만, 어머니는 잘 틀었다. 보리타작 때 도리깨질이나 탈곡할 때의 손놀림 발놀림은 예술이었다. 예술적 감각은 바느질과 비틀림이나 구김 없는 재봉틀 솜씨에서 더 잘 나타내셨다. 내가 어렸을 때 밤마다 어머니는 가물가물한 호롱불 밑에서 뭔가를 열심히 만드시느라 잠도 못 주무시고 코끝을 검게 그을리셨다. 호롱불 아래서 바늘구멍에 실을 꿰어 바느질하는 어머니의 모습은 한 폭의 동양화 같았다. 때로는 어머니는 우리가 잠자리에 들면서 벗어 놓은 내복을 뒤집어 구석구석에 이가 실어놓은 보일 듯 말 듯한 서캐들을 호롱불에 태우시면서 톡톡 터지는 소리에 통행금지 사이렌 소리도 듣지 못하시는 것 같았다. 어머니의 자식 사랑은 모두가 잠든 깊은 밤에도 끝이 없었다.

어머니는 언제나 봄날 오후 같은 따뜻한 마음에다 잔정이 많으셔서 대인관계가 좋았고 주변에는 늘 많은 사람이 따랐다. 어머니는 평소 주위 어려운 사람들에게 자애를 베풀고 온정으로 대하셔서 우리 집에는 사람들의 발길이 끊이지 않았다.

유년시절 전쟁의 생채기가 가난과 함께 곳곳에 남아 있었던 때의 일이다. 우리 동네에는 굶주리고 소외당했던 거지, 전쟁고아, 손대신 갈고리를 단 상이군인 그리고 얼굴이 무섭게 뭉그러진 한센병 환자 등이 유난히도 많이 지나다녔다. 한때 '문둥이가 보리밭에서 어린 애를 잡아먹었다.'라는 소문에 아이들은 피해 다녀야 했고, 우는 아이도 문둥이가 온다고 하면 울음을 뚝 그치곤 했던 시절이었다. 고갯길만 넘으면 동서남북 어느 마을에도 쉽게 접근할 수 있어서인지, 마을 사람들의 인심이 좋아서인지 우리 동네엔 그런 사람들이 많이 찾아왔던 것 같다. 그들은 시도 때도 없이 어깨에 차두(베로 만든 자루)를 들쳐 메고 손에는 깡통이나 바가지를 들고 집집이 구걸을 하고 다녔다. 당시는 시골에서는 모두가 어려운 처지라 함부로 동냥을 줄 수 없었다. 그러나 어머니는 그런 불쌍한 사람이 찾아오면 절대 문전 박대하지 않으셨다. 당장 우리 식구 끼니가 걱정되는 한이 있더라도 음식이든 곡식이든 꼭 챙겨주셨는데, 하다못해 부엌의 좀도리 쌀이라도 나누어 주었다. 집안 잔치 때에는 불쌍한 사람들을 위해 차일로 햇빛을 가린 마당 한쪽에 큰 상을 하나 차려 주기도 했다. 심지어는 지나는 행상이 냉수 한 그릇 부탁해도 먹을 것도 주고 따뜻하게 대해 주셨다.

어머니는 입원하시기 전까지만 해도 동네 크고 작은 모임 회장 등을 하실 정도로 인기가 높았고 고향에서는 마당발로 통했다. 그래서 자식들 혼인을 위한 중매는 물론 주위 많은 젊은 남녀들의 인연의 고리를 맺어 주기도 하셨다.

　결혼 전 장사 경험이 있었던 어머니는 결혼 초 어려운 가정 형편을 탈피하기 위해 장사를 했으면 했다. 그러나 아버지의 완고한 성격 때문에 빈번히 좌절되었고, 이 때문에 두 분간에 갈등의 골이 생겼다고 한다. 어머니가 돌아가시기 한 달 전쯤 막냇동생에게 지난 세월을 회고하면서 들려준 이야기다. 어머니는 "만약 그 당시 어머니 뜻대로 장사했더라면 집안 살림이 팍팍하지 않은 가운데 자식들도 충분히 뒷바라지해 줄 수 있었을 것이다."라고 아쉬움을 토로하셨다는 것이다. 어머니의 탁월한 장사 수완은 빛을 보지 못하고 논밭에 묻히고 말았다. 내 생각으로도 어머니의 계산 속이나 폭넓은 대인관계로 볼 때 장사를 했다면 잘하셨을 것 같다.

　그뿐인가! 우리 민족 고유의 흥과 한이 어머니 몸에는 베어 있다. 노래면 노래, 춤이면 춤 어디에 내놓아도 손색이 없을 정도이다. 그래서 어머니는 동네 잔칫집에서 흥을 주도하였다. 잔칫집 마당 한가운데 장구를 들쳐 멘 어머니 장단에 춤판이 어우러졌던 것을 자주 볼 수 있었다. 어머니는 어디에서나 처음에는 장구를 치며 〈오동동 타령)을 신 나게 부르셨다.

　오동 추야 달이 밝아 오동동이냐

　동동주 술타령에 오동동이냐

　아니요 아니요 궂은 비 오는 밤 낙수 물소리

　오동동 오동동 그침이 없이

　독수공방 타는 간장 오동동이요

　동동 뜨는 뱃머리가 오동동이냐

　사공의 뱃노래가 오동동이냐

　아니요 아니요 멋쟁이 기생들 장구 소리가

　오동동 오동동 밤을 새우는

　한량님들 밤 놀음이 오동동이요

　흥이 한층 달아오르면 어머니는 메들리로 동네 아주머니들과 함께 〈대전 블루스〉를 '장성 블루스'로 바꾸어 불렀다.

　"잘 있거라 나는 간다. / 이별의 말도 없이 / 떠나가는 새벽 열차 장성발 영시 오십 분 / 세상은 잠이 들어 고요한 이 밤 / 나만이 소리치며 울 줄이야 / 아아아아 / 붙잡아도 소용없는 / 서울행 완행열차"

　춤판이 어우러지면서 막걸리 한 사발씩 주고받고 나면 시집살이와 농사일로 시달렸던 육신의 피로가 풀리고, 마침내 어머니들의 흥은 한으로 변한다. 나 어릴 적 어머니도 술 한잔 마시면 그동안 참고 견디어 왔던 설움과 아픔을 노래로 달래기 위해 이미자의 노래(한산도 작사) 〈여자의 일생〉을 즐겨 부르셨다.

참을 수가 없도록 -
이 가슴이 아파도 -
여자이기 때문 - 에
말 한마디 - 못 하 - 고 -
헤아릴 수 없는 설움 혼자 - 지닌 채
고달픈 인생길을 허덕이면서
아 - 참아 - 야 한다기에
눈물로 보냅니다 여자 - 의 일 - 생 -

엄마는 신화적 존재

어머니에 대한 호칭이 다양하다. 지역에 따라 다르기도 하고, 성장하면서 부르는 호칭도 다른 것 같다. 어린아이들은 엄마라고 부르지만 좀 크면 엄니라고 불렀다가 철이 들면 어머니라고 부른다. 요즘 신세대들은 크나 작으나 영어로 'mam'(맘)이라 부르기도 한다. 어떤 지역에서는 '오마니'라고 부르고, 또 다른 지역에서는 '어무이'라고 부르기도 한다. 시어머니가 며느리를 부를 때 '어멈'이라고 하기도 한다. 또한, 어른들이 아래 사람의 어머니를 칭할 때 '어매'라고 하기도 한다.

나는 스무 살 때까지는 고향을 떠나 산 적이 없었다. 고향에서 어머니와 함께 살면서는 언제나 엄마라고 불렀다. 그 후 집을 떠나 군대 생활할 때는 군기도 들고 해서인지, 휴가 때 오랜만에 보는 어머니를 엄마라고 부르기가 다소 쑥스러워서 어머니라고 몇 차례 불러 보았다. 군 복무하는 동안 부모님께 안부 편지 보낼 때도 어머니라고 불렀다. 하지만, 내가 어머니라고 부르면 왠지 어색하고, 어머니와 거리감이 있는 것 같은 느낌이 들어 다시 엄마라고 불렀다. 결혼하고 부모가 되어서도 여전히 엄마라고 불렀고, 돌아가실 때까지 변함없이 엄마라고 불렀다.

어머니는 내가 어렸을 때나 어른이 되었을 때나 변함없는 호칭으로 나를 불렀고, 나에게 말씀하실 때는 항상 지시하고 훈계하는 어투를 쓰셨다. 나는 어머니의 그 어투가 좋았다. 한결같은 어투 속에서 어머니에 대한 변함없는 사랑을 느끼게 되었기 때문이다. 특히 어머니는 나에게 젖을 빨렸을 때나, 밥을 먹였을 때나, 내가 학교에 다니고 사회에 나왔을 때나, 심지어 어른이 되어 손자들 앞에서까지도 변함없이 '아가'라고 불렀다. 그 호칭에서 어머니의 무한하고 본능적인 사랑을 느낄 수 있었다. 어머니는 배 속에서 나를 낳아서 기르시던 동물적인 사랑을 끝까지 보여 주신 것이다.

어머니가 훈육하실 때면 서당 훈장님 같았다. 어머니의 회초리는 유난히도 매서웠고, 어머니의 한 마디 한 마디는 오뉴월에 서릿발이 내릴 정도로 엄격했다. 만약 어머니가 나에게 더 매서운 사랑의 매질을 하셨더라면 나는 지금보다는 훨씬 나은 사람이 되었을 것이다.

어머니는 우리 가족들의 정신적 지주였다. 물론 문중, 집안 전체로 놓고 보면 외형적으로나 형식 면에서 당연히 아버지가 정신적 지주였다. 아버지는 큰 틀에서 돈 벌고 농사짓는데 치중을 하였고, 자식 교육과 집안 살림은 어머니 몫이었다. 그래서 우리가 성장해 가는 과정에서 어머니의 관여와 비중이 컸다. 어머니는 우리 집안을 이끌어왔던 큰 별이라 할 수 있다.

그래서 나에게는 우리 어머니가 '사강'의 말처럼 인간이 아닌 신(神)적인 존재로 다가온다. 다른 사람에게는 우리 어머니도 평범한 여자임이 틀림없지만, 나에게는 초월성이 인정되기 때문이다.

어머니 역시 여자로 태어나 아버지를 만나 가정을 이루고, 자식을 낳고 살림살이를 꾸려가는 동안, 고생하며 사셨던 것은 당연히 모든 어머니의 삶의 방식을 벗어날 수 없는 평범한 여자이다. 하지만, 자식인 내가 느끼는 어머니는 다른 것 같다. 나를 낳아 주신 것 자체만으로 전지전능한 능력을 갖춘 존재로 인정하고 싶다. 그동안 자식에게 베풀어 준 끝없는 사랑, 끝까지 몸을 불태워 가며 빛을 발하는 양초처럼 죽을 때까지 자식들을 위해 헌신하는 고귀한 마음과 자식들의 작은 아픔에도 더 괴로워하는 모습을 볼 때 어머니의 초월성을 인정하지 않을 수 없다.

신달자 시인은 어머니란 글에서 이렇게 말한다. "어머니, 그분은 인류가 자취를 감추는 마멸 상태가 도래한다 해도 가장 마지막까지 우리의 가슴을 울려주는 영원한 사랑의 봉우리, 죽음조차도 자식의 편한 날을 골라 가시고 싶은 철저한 베풂의 신화적 존재인 것이다."라고 했다. 나는 나의 어머니를 보면서 이 말을 더욱 공감하게 되었다.

가지 많은 나무에 바람 잘 날 없듯이 일곱이나 되는 자식을 정성을 다해 기르고 출가시키는 동안 어머니가 걸어온 근심으로 얼룩진 지난 세월을 반추해 보면, 한세일 노래 〈모정의 세월〉이 절로 나온다.

"… 흰 머리 잔주름이 늘어만 가시는데
한없이 이어지는 모정의 세월
아~~가지 많은 나무에 바람이 일듯
어머님 가슴에는 물결만 높네 …"

정성으로 기른 자식들은 모두 어머니 곁을 떠나버리고 근심으로 지새우는 어머니 마음을 좀 더 일찍 알아주었더라면 어머니 가슴에 물결이 잔잔했을 텐데….

어머니의 멍든 가슴

어머니가 몸에 이상징후를 느끼고 암을 의심하게 된 곳은 동네 노인당이었다. 노인당에서는 자식자랑, 손자자랑 그리고 나서는 한 많은 신세타령이 이어진다. 그러다가 몸이 성치 못한 노인들은 고통을 하소연하면서 손끝에서 발끝까지 각종 질병 이야기를 늘어놓는 곳이다. 어느 날 어머니는 등과 어깨가 아프다고 고통을 호소했던 모양이다. 그곳에는 산전수전을 다 겪은 분들이 모여 있기 때문에 의사 못지않게 진단이 내려지기도 하고, 동의보감에 있을 법한 민간요법 처방이 내려지기도 한다. 병은 널리 알려야 치료할 수 있다는 말을 입증이라도 하듯, 이미 임상 경험을 하신 분이 어머니에게 혹시 유방에 문제가 있는지 검사를 해보라고 권장했던 것이다. 그때 어머니 연세가 81세였다.

어머니는 대수롭지 않게 여기고 고향 병원에 들러 검사를 하셨다. 검사 결과는 가슴이 뭔가 이상하니 큰 병원에 가서 정밀 검사를 받으라는 소견이었다. 그래서 놀란 어머니는 서울로 올라오시게 되었고,

유명 대학병원에서 검사를 받았다. 어머니의 가슴에서 작은 멍울이 발견되었다. 초기에 발견해서 무척 다행이라는 의사 소견이었다. 초기라서 수술도 간단하고, 치료하면 깨끗이 나을 수 있다고 하여 입원 절차를 밟고 MRI 검사 후 수술을 받게 되었다.

그 당시 담당의사는 어머니는 유방암 초기로 수술이 말끔히 잘 되어서 치료만 잘하면 오래 사실 수 있다고 했다. 더구나 노인들은 암세포의 번식속도가 느려 큰 걱정할 필요가 없다고 했다. 이 말에 우리 형제들은 안도의 한숨을 내쉬게 되었지만, 한편으로 이것이 어머니와 자식들 모두에게 방심의 원인이 된 것 같기도 했다. 어머니의 자식이라면 그 누구도 책임을 피할 순 없다. 생각해 보면 어릴 때처럼 젖 먹던 힘을 다하지 못한 점 후회하며, 배고플 때나 슬플 때면 언제나 파고들던 엄마 품이 그립다.

병원에서 한 달여 방사선 치료를 받아오던 어머니는 경과가 좋아져서 가벼운 마음으로 고향으로 내려가셨다. 그 후 일 년 동안은 고향집에서 약물치료만 하게 되었고, 암에 대한 이상 징후는 다시는 나타나지 않았다. 그 사이 장염 증상으로 심하게 앓으셔서 읍내 병원에 입원도 하고 정밀 검진도 받으셨지만, 간 기능 이상이나 유방암 증세는 나타나지 않았다. 다만, 어머니는 오히려 고질적인 무릎 관절 통증 때

엄마 품

배가 고파 울면 그만인 아이는
굶주린 엄마의 가슴에 파고들어
사정없이 젖을 빨았다.

그 누가 엄마의 간장을 그토록 태웠는가?
바로 그 가슴에 멍울이 들도록
자식들의 철없음이리라.

배고플 때면 더듬었던 엄마의 가슴
그 가슴에 까만 멍울이 졌을 때
그때처럼 '젖 먹던 힘'을 다했을까?

슬플 때면 파고들던 엄마 품
간장 태우며 괴로워하는 엄마를 보고
젖 달라고 보챌 때처럼 슬피 울었을까?

문에 고통스러워 하셔서 우리 형제들은 관절염 치료에 더 신경을 썼던 것이다. 오래전부터 어머니는 서울의 큰 대학병원에서 치료를 받으시고, 좋다는 약도 드시면서 이곳저곳 소문난 한약방이나 침술 한의원 등을 두루 찾아다니셨다. 하지만, 연세가 높아서 수술은 어렵다는 의사 소견에 어쩔 수 없이 약물치료에 의존해 왔던 고질병이었다. 우리 모두 방심하고 관절염 걱정만 하는 사이 암은 어머니의 가슴 다른 곳으로 슬금슬금 전이되어가고 있는 줄은 꿈에도 모르고 있었다.

어머니는 무릎 통증과는 별개로 암세포가 가슴 깊숙이 감자줄기처럼 뻗어 가고 있는 줄도 모르고, 아흔 살 문턱의 극 노인이었던 아버지를 수발하며, 고향 집에서 외로이 살았던 것 같다.

입춘대흉(入春大兇) 건양다애(建陽多哀)

지난해 연초에는 올해처럼 눈도 많이 오고 유별나게 추웠던 것 같다. 일기예보에서는 호남지방에 눈이 많이 내린다고 하여 부모님이 걱정되어 안부 차 집에 전화를 걸었다. 때마침 어머니는 벌써 며칠째 눈 때문에 오도가도 못하고 집에만 갇혀 답답함을 호소한다.

"눈이 오사게도 많이 와 옴짝달싹하지 못 허고 집에만 있다. 연병할 놈의 깔끄막(집 앞 비탈길) 땜시 나갈 수가 있어야 지야"

"여그도 눈이 많이 왔어요. 성성한 나도 나다니기가 겁나니까 눈 녹을 때까지는 집에 계세요."

"집에만 있슨게 무르팍만 쏙쏙 애리고 답답해서 환장 허겄다."

수화기를 통해 들려오는 어머니의 목소리는 하소연에 가까웠다.

사실 눈이 오면 집 앞길이 경사가 심해 두 노인네가 다니기가 어렵다.

"답답 하시더라도 안방에 보일러 좀 넣고 따뜻하게 계십시오."

"밖에 나가시다 미끄러지면 큰일 나니까 조심하세요."

나는 전화할 때마다 길이 미끄러우니까 몸조심하시고 추위에 기름 아끼지 말고 따뜻하게 지내시라고 당부한다.

하지만, 아버지는 내가 전화할 때마다 에너지 절약을 별나게 강조하신다.

"기름 한 방울 안 나오는 나라에서 기름 펑펑 써불면 된다냐"

"아껴 때야지, 기름값도 무장 오른다."

"내가 성할 때 같으면 연탄도 때고 허는디, 인자는 연탄불 갈기 힘들어 연탄은 못 쓴다."

옛날 집들은 단열재 없이 지어져 집안에 외풍이 심하고 열효율이 떨어져 연료 소모가 많다. 그래서 우리 부모님은 자나깨나 보일러 단속이다. 에너지 절약이 몸에 배 있다고나 할까? 아버지와 어머니는 겨우내 추위에도 에너지 절약한답시고 잔뜩 움츠리고 계셨던 것이다. 아버지 돌아가신 뒤 시골집에서 보일러를 켜고 잠을 잤는데 보일러 성능도 좋고 틀어놓기만 하면 방도 따뜻했다. 보일러실 기름탱크를 점검해 보니 두 드럼 분량이나 되는 기름이 기름탱크에 가득 채워 있었다. 아버지 어머니가 지나칠 정도로 절약 생활을 한 것 같았다. 아끼고 아끼다 끝내 못 쓰고 남겨둔 기름은 자식들 속 타는 줄도 모르고, 추운 날씨에 어머니 아버지를 따뜻하게 해 드리려고 묵묵히 빈 집을 지키고 있다.

작년 초, 구정을 일주일쯤 앞두고 아직 추위는 가시지 않았지만, 절기는 어느덧 한 해의 시작을 알리는 입춘이 불과 며칠 앞으로 다가왔다.

입춘대길 건양다경(立春大吉 建陽多慶)이 무엇이기에 꼭 붙이려고 했단 말인가!

아버지는 집 대문이나 안방 문 위에 매년 음력설 무렵이면 '입춘대길 건양다경'이라고 입춘 첩을 써 붙인다. 이는 봄을 맞아 집안에 건강과 행운이 깃들고 일 년 내내 모든 일이 잘되기 바라는 마음에서 비롯된 우리의 전통 풍속이다.

절에 다니시는 작은어머니가 스님이 써준 입춘첩을 구해다 주셨다. 아버지는 안방 서랍에 잘 넣어 두었다가 입춘이 오기를 기다리고 있었다. 예년과 달리 높은 곳에 붙이기는 쉬운 일이 아니었다. 어머니는 무릎 관절이 좋지 않아 약을 드시고 있었고, 아버지는 뇌졸중으로 쓰러지신 후 회복은 되었지만, 늘 한쪽 다리가 불편했기 때문이다. 하지만, 몇 년 전까지만 해도 직접 논농사를 지으셨고, 집 텃밭은 힘겨워하시면서도 지속해서 일구어 오셨던 아버지였기에 입춘첩 붙이는 것쯤이야 대수롭지 않게 여겼다.

입춘 하루 전 날 어머니가 아침 일찍 부엌에서 식사를 준비하시면서 아버지에게 입춘첩을 붙이라고 하셨다. 아버지는 불편한 몸을 이끌고 의자 위에 간신히 올라가 입춘 첩을 안방 문 위에 붙이다가 다리에 힘이 빠져 중심을 잃고, 그만 거실 바닥으로 넘어지면서 문턱에 머리를 부딪친 것이다. 옛날 집을 고치면서 마루를 뜯어내고 거실을 만들었기 때문에, 안방과 거실의 바닥이 차이가 나서 안방으로 들어가는 문턱은 다리가 불편하신 아버지에게는 언덕 아닌 언덕이었다. 그래서 아버지의 충격은 컸던 것 같다.

어머니가 부엌에 계시다 쿵 하는 소리를 듣고 얼른 안방을 건너 거실로 오신 어머니는 부랴부랴 이웃 동네에 사시는 작은아버지와 택시회사에 연락했다. 어머니는 놀라 당황은 하였지만, 정신을 가다듬고 택시가 오자마자 급히 가까운 병원으로 옮겨 응급조치하고, 광주에 있는 종합병원 응급실로 옮겼다. 택시로 옮길 때만 해도 아버지는 의식을 잃고, 온몸이 축 늘어진 상태였다. 뇌졸중이나 뇌출혈로 쓰러지면 시간이 생명이다. 보통 2시간이 지나면 회복하기 어렵다고 알고 있었던 어머니가 신속히 대처한 것이다.

이때부터 평화로운 우리 집에 슬픈 그림자가 드리워지기 시작했다. 한마디로 입춘대흉(入春大兇) 건양다애(建陽多哀)가 시작된 셈이다.

어버이의 지팡이

어버이는 내 인생의 지팡이
어두울까 봐 빛을 비춰 주시고
배고플까 봐 먹을 것을 챙겨 주시고
추울까 봐 이불을 덮어 주시고
더울까 봐 부채질을 해주시고
개골창에 빠질까 봐 업어 건너 주신다.

어버이는 내 인생의 그림자
길가다 넘어질 땐 일으켜 주시고
잘할 땐 머리를 쓰다듬어 주시고
잘못할 땐 큰소리로 나무라시고
기뻐할 땐 함께 웃어 주시고
슬퍼할 때도 함께 울어 주신다.

입춘 첩이 몰고 온 파장이 일파만파 확대되리라고는 전혀 상상도 못했었다. 이것이 아버지가 하늘나라로 가는 여정의 시작이 될 줄이야! 더군다나 어머니를 먼저 저세상으로 떠나 보내야 했던 비운의 화살촉이 될 줄은 꿈에도 몰랐다

아버지는 중환자실에서 일주일 동안 의식을 잃고 사경을 헤매고 있었다. 주치의는 아버지 뇌에 두 군데나 금이 가고, 피와 물이 고여 있는 단층촬영 필름을 보여 주며, 워낙 연로하시니까 수술이 어렵다는 소견이었다. 최선을 다해 달라는 부탁과 깨어나기만을 바라는 간절한 마음속 기도뿐 달리 방법이 없었다. 아버지가 의식을 잃고 사경을 헤맬 때 나는 병원 중환자실 앞에서 면회 시간을 기다리고 있었다. 어머니가 지팡이를 짚고 절룩거리며 아버지를 보러 오셨다. 지팡이를 보니 왠지 내 마음이 서글퍼졌다. 어머니의 지팡이를 보면서 부모님은 평생 자식들의 인생길을 안내하는 지팡이 역할을 해 오셨다는 생각을 해 보았다. 자나깨나 자식 걱정에 늘 그림자처럼 따라다니며 자식을 바른길로 이끌어 주시고 보살펴 주셨던 것 같다.

열흘 만에야 아버지는 의식을 회복하여 사람을 알아보기 시작했다. 하지만, 언어구사는 하지 못했다. 그러나 다행히 아버지 병세가

나날이 차도가 있었고, 출혈이 멈추면서 물도 많이 차오르지 않아서 일반병실로 옮겨 치료하였다. 아버지가 위중한 고비를 무사히 넘기고 병세가 호전되자, 아버지 병시중을 들기 위해 힘들게 병원에 다니시던 어머니의 불편 때문에 집과 가까운 읍내 병원으로 옮기게 되었다.

심지까지 타들어간 마지막 촛불

아버지는 12년 전 처음 쓰러지셨다. 노인정에 다녀오신 후 찬 방에 누워서 주무시다가 그만 의식을 잃고 몸을 가누지 못하셨다. 뇌졸중이었다. 어머니가 여기저기 연락해 신속히 병원으로 옮기게 되었던 것이다. 당시 나는 아버지 소식을 듣고 놀라, 하던 일을 팽개치고 병원으로 달려가 보았는데, 아버지는 말씀도 못하고 손발을 가눌 수조차 없는 상태였다.

아버지는 보름 동안 입원 치료 후 상태가 다소 호전되자, 의사의 만류에도 퇴원을 고집하셨다. 하는 수 없이 퇴원 절차를 마치고 고향 집으로 가기 위해 병원 문을 막 나서서 택시를 기다리던 중, 그 자리에서 다시 쓰러지셨다. 병원 문 앞에 쓰러지신 것이 얼마나 불행 중 다행인지 모른다. 아버지는 고집 피우시다 결국 재입원 하셨다.

다시 입원한 후 한 달이 지나서야 아버지는 완전히 회복하게 되어 퇴원하셨다. 수십 년간 피우던 담배도 끊고, 재활의지를 불사르며 운동을 하여 자전거를 다시 탈 수 있을 정도로 건강을 되찾으셨다. 어찌 보면 아버지가 오뚝이처럼 일어날 수 있었던 것은 어머니의 신속한 조치와 정성스런 병시중 덕분임이 틀림없다.

그때 오뚝이처럼 일어나셨던 아버지이기에 비록 연로하시긴 하지만, 이번에도 반드시 일어나실 수 있으리라고 확신했다. 우리 형제들은 모두가 희망을 품고 아버지 치료에 온 정성을 쏟았다. 자식들의 기대만큼이나 아버지의 재활의지도 강했다.

어머니는 불편한 다리를 지팡이에 의존하며 아버지 병수발을 위해 광주에 있는 병원까지 근 보름을 하루도 빠짐없이 다니셨다. 물론 광주에 사는 여동생의 도움이 컸고, 별도 간병인의 도움도 받았지만, 어머니는 아버지 쾌유를 위해 온갖 정성을 다했던 것이다. 아버지를 집 가까이 있는 읍내 병원으로 옮긴 뒤에는 어머니는 아예 병실에서 기거하다시피 하였다. 그 정성 덕분에 아버지가 빠르게 회복되자 치료보다는 재활에 중점을 두는 노인전문 요양병원으로 옮길 수 있었다.

새로 개설한 노인전문 요양병원은 여타 도시의 요양병원에 비해 시설이나 환경이 우수했다. 특히 그 요양병원은 고향을 떠나기를 꺼리는 아버지에게 안정을 줄 수 있어서 좋았다. 병실에서 아버지가 평생을 일구었던 논이 한눈에 내려다보여 잃어버린 기억력을 회복하는데 좋을 듯싶었다. 게다가, 어머니가 통원하며 수발하기가 훨씬 나았고, 병문안 오시는 분들도 많아 아버지도 외롭지 않았다. 그래서 별도 간병인 대신 요양병원 공동 간병 시스템만으로도 충분했다. 아버지는 말도 조금씩 하게 되고, 한쪽 다리와 한쪽 팔에 힘이 없어 일어서지는 못했지만, 식사도 배가 고프다고 할 정도로 잘하셨고, 간호사의 지시에 따라 재활 운동도 열심히 하셨다.

아버지는 처음 뇌졸중으로 쓰러지신 이후 의식이나 언어능력은 정상을 되찾았지만, 다리가 불편해져서 예전처럼 일할 수가 없었다. 더군다나 그렇게 잘 타시던 자전거도 타기 어려워졌고, 자주 넘어져서 다치는 일이 많았다. 넘어지실 때마다 앞쪽으로 넘어져서 얼굴을 다치거나 손목을 삐는 일이 종종 있었지만, 다행히 머리는 다치지 않았다. 그럴 때마다 어머니는 가슴을 쓸어내리곤 하였지만, 어머니의 정성스러운 보살핌으로 아버지는 곧 치유되시곤 했다. 그때부터 어머니는 집안의 크고 작은 모든 일을 도맡아 챙겨야만 했고, 몸이 불편한 아버지의 지팡이 역할을 해왔다고 해도 과언이 아니다. 그러나 아버지가 두 번째 쓰러지셨을 때 어머니가 포기했더라면 어머니의 인생은 방향이 달라졌을지도 모른다는 생각이 든다.

결국, 아버지의 병환은 평화로운 황금빛 노을이 펼쳐질 어머니 인생에 먹구름을 드리우게 했고, 아버지는 어머니 삶의 짐이 되어 버렸다.

　　그렇지만 어머니는 자신의 생명을 다 바쳐서 미워도 다시 한번 아버지를 살려내려고 온갖 정성을 다했다. 어머니는 겉으로 아버지를 미워하는 것 같았지만, 실제로는 드러내지 않은 채 마음속으로 아버지를 헌신적으로 사랑하며 평생을 함께 하셨다. 그래서 막상 떠나시려는 아버지를 숙명으로 받아들이고 마지막 투혼을 불태운 것이다. 심지까지 다 타들어간 촛불처럼 검은 눈물을 흘리며 마지막 불꽃을 환하게 밝힌 것이다.

　　어머니는 아버지 병시중 들면서 밥도 제때 못 드시고, 잠도 편히 못 주무셔서 심신이 점점 쇠약해 가고 있었다. 어버이날을 며칠 남겨둔 어느 날, 여동생으로부터 어머니가 속이 답답하고 체한 것 같아 입원시켜 드렸다고 연락이 왔다. 아버지에 이어 어머니까지 병원에 입원했다는 소식을 듣고 곧장 달려가고 싶었지만, 그렇게 할 수 없는 상황이 안타까웠다. 어린이날을 앞두고 내가 근무하던 국립어린이청소년도서관에서 어린이날 큰 잔치를 준비하느라 여념이 없었다. 비록 몸은 서울에 있었지만, 마음만은 어머니에게 가 있었던 것 같다. 다행히 고향의 누나와 광주 여동생이 부모님께 정성을 쏟은 덕분에 어머니는 기력을 회복하게 되었고, 아버지도 병세가 호전되어가고 있었다.

아버지 어머니를 뵙기 위해 마침 어버이날이 낀 주말을 기해 식구들과 함께 고향에 내려갔다. 그날은 서울, 대전, 대구, 광주, 제주 등 각지에 흩어져 사는 형제들이 모두 모였다.

우리는 어머니가 입원한 병원에 먼저 들렀다. 어머니는 아들딸들이 모두 온다는 소식에 마음이 들떠 집에 가려고, 담당의사의 만류에도 짐 보따리를 다 꾸려 놓은 채 우리가 도착하기만을 기다리고 있었다. 병원에서 어머니를 뵙는 순간 어머니의 얼굴색은 생강 색깔처럼 노랗게 변했고, 입술은 말라버린 대추처럼 거무스름하게 변해 있었다. 어머니는 아픔을 억지로 참고, 찾아온 자식들에게 아픈 내색을 하지 않으려고 무진장 애쓰시는 것 같았다. 그래서 나는 어머니에게 완전히 회복할 때까지 병원에 더 계시라고 권유해 보았지만, 어머니의 완고함 때문에 결국 집으로 모시고 오게 되었다.

어머니를 모시고 집으로 가는 차 안에서 오랜만에 어머니 손을 잡으며 "엄마! 힘내세요."라고 말했다. 평소 같으면 내 건강문제, 손녀딸 취직 걱정, 손자가 군 생활을 잘하는지 안부 등 이것 저것 물었을 텐데, 이날은 "왔냐"라는 한 마디 밖엔 말이 없으셨다. 어머니의 손은 거

촛불

몸과 마음을 태워 홀로 눈물 흘리며
정열을 녹여 사랑의 빛을 쏟아낸다.

자비와 온정의 불꽃 투혼으로
어둠을 헤매는 나그네의 등대가 된다.

마음이 다 타고 몸이 녹아내려도
고통을 참아내고 희망의 빛을 쏟아낸다.

눈물도 고통도 사르고
몸과 마음을 비우고 어디론가 떠난다.

무스름하게 말라 주름지고 거칠어져 내 마음을 너무나 아프게 했다. 이 손이 우리를 키우고, 우리 집안을 이끌어 왔던 지혜로운 손이요, 감당키 어려운 노동을 해왔던 값진 손이었음을 새삼 느껴 보았다.

이제 와 생각해 보니 이때가 어머니 운명의 중요한 변곡점이었다. 퇴원이 문제가 아니라 더 큰 병원에 입원하여 정밀진단을 받고, 적극적인 치료를 받았어야 했었다. 우리 형제들 모두 지금도 이를 후회하고 있다.

어머니가 퇴원을 결심한 것은 자식들과 함께 지내고 싶은 것도 있지만, 아들딸들에게 그동안 준비해둔 된장, 고추장, 참깨, 들깨, 콩, 팥, 참기름 등을 다 나누어 주고 싶어서였던 것 같다. 어머니는 그 와중에도 텃밭에서 아픈 몸을 이끌고 쑥을 캐다 삶아서 냉장고에 넣어두었던 것이다. 집에 도착하자마자 누나에게 방앗간에 가서 쑥떡을 빼 오라고 하는 것만 보아도 병원에서 자식들 오기만을 손꼽아 기다리고 계셨던 것을 알 수 있다.

한편, 어머니의 지극 정성으로 두 차례나 죽을 고비를 넘긴 아버지는 어머니의 초췌한 모습에 미안한 마음인 것 같았다. 어머니도 지난 세월 아버지 때문에 고생했던 것을 생각하면, 자신의 몸도 편치 않은 처지에 당장에라도 아버지 병시중을 그만두고 싶었을지도 모른다. 하지만, 미운 정 고운 정이 쌓이고 또 쌓인 부부이기 때문에 어쩔 수 없었나 보다.

나는 어머니의 아버지에 대한 정성에서 부부간의 정을 다시 한번 확인할 수 있었다. 한편, 지난 십여 년간 아버지에게 헌신하신 어머니 신세가 처량하게 느껴지기도 했다. 순간 내 머리에 스치는 노래가 있었다. 바로 어느 부부 가수가 부른 〈부부〉라는 노래다. 병시중 드시는 어머니의 야위고 주름진 얼굴을 보면서 아버지가 부르는 노래 같았다. 아버지 마음속에는 어머니에 대한 고마움과 미안함이 가득차 있었을 것이다. 하지만, 아버지 입에서 이 노래가 흘러나왔더라면 어머니가 얼마나 좋아하셨을까? 최소한 마지막 부분인 '여보 당신에게 하고픈 말은 사랑합니다. 사랑합니다/ 그 한 마디뿐 이라오'만이라도 불렀더라면 어머니가 얼마나 좋아하셨을까? 아버지 상태로 보아 노래 부르기는 어려울 망정 어눌한 말로라도 '사랑합니다'란 한 마디만 하셨더라면 하는 아쉬움이 남는다.

정 하나로 살아온 세월
꿈 같이 흘러간 지금
당신의 곱던 얼굴 고운 눈매엔

어느새 주름이 늘고

돌아보면 굽이굽이 넘던 고갯길

당신이 내게 있어 등불이었고

기쁠 때나 슬플 때나 함께하면서

이 못난 사람 위해 정성을 바친

여보 당신에게 하고픈 말은

사랑합니다. 사랑합니다

그 한 마디뿐 이라오

- 신상호 작사 -

어버이 가슴에 카네이션을 달아 드리고

어버이날 아침, 온 가족이 어머니를 모시고 나들이하는 들뜬 마음으로 아버지가 계신 요양병원으로 향했다.

이날이 부모님과 함께하는 마지막 어버이날 행사가 될 것이라고는 꿈에도 몰랐다. 마침 요양병원에서는 환자 가족들을 초청하여 어버이날 행사를 했다. 우리는 부모님 가슴에 카네이션을 달아 드리고, 어버이날 노래를 부르며 어버이 은혜에 다시 한번 감사드렸다.

어버이 노래를 부르면서 어머니 아버지의 흐뭇한 표정과 눈빛을 보고 어머니와 아버지의 가슴 속 깊이 흐르는 포근하고 다디단 사랑을 읽을 수 있었다.

나는 아버지께 특별한 선물을 드렸다. 내가 쓴 〈아빠까바르 인도네시아〉 제목의 책이었다. 이 책을 출간하기까지는 사연이 있었다. 1년 이상 준비해 편집을 마치고 곧 출간하려던 때에, 아버지가 갑자기 쓰러지신 바람에 몇 달이 늦어졌던 것이다. 이 책은 내가 인도네시아 한국대사관에서 근무하면서 보고 느낀 인도네시아의 사회, 문화, 한류 및 한인사회를 소개한 책이다.

5년 전 인도네시아에 근무할 때 부모님께서 자카르타에 다녀가신 적이 있어 아버지는 이 책의 사진만 보고도 그 당시 여행 기억을 떠올리시는 듯했다. 아버지는 저자 소개란의 사진을 유심히 보고는 간호사에게 내 아들이라고 자랑했다. 나는 아버지가 회복되어 의식을 되찾아 책 속의 아들 사진을 알아볼 수 있어서 무척 기뻤다.

어버이날 행사에서 모처럼 가족들과 자리를 같이한 아버지의 얼굴이 모처럼 웃음꽃을 피웠다가 금방 시들어 버렸다. 식당에 마련된 무대에서는 효도 공연이 펼쳐졌다. 아버지가 좋아하는 남도 창 심청가, 흥부가가 이어졌다. 공연 도중에 아버지는 가끔 무대에서 시선을 돌려 어머니를 쳐다보다가 자식들을 찾아 두리번두리번하신다. 그러다가 다시 시선을 어머니에게 고정한다. 아버지의 표정에서는 기쁨과 슬픔을 동시에 읽을 수 있었다. 기다리던 아내와 자식들을 하나하나 확인하고 안도하는 표정 속에서는 아버지가 그동안 얼마나 외로웠는가를 짐작할 수 있었다. 그리고 어머니의 여윈 몰골을 보고 시선을 고정하던 아버지 눈가에는 슬그머니 이슬이 맺혔다가 사라졌다. 아버지 곁에서 날마다 시중들다가 몸이 아파 입원까지 했던 어머

어버이 마음

어버이 마음은 태양과 같다.
희망을 쏘아주고
어둠 헤치고 나아갈 길 밝혀주며
온정과 사랑을 뿌린다.

어버이 마음은 솜사탕 같다.
눈처럼 하얗고 목화처럼 포근하며
다디단 사랑을 주고
온몸을 녹여 끈끈한 정을 가슴에 바른다.

어버이 마음은 봄눈 같다.
들뜬 마음에 긴장을 주고
매서운 회초리로 꽃망울을 재촉하다가
스르르 녹아 가슴을 촉촉이 적신다.

니의 누렇게 변한 얼굴색과 더욱 깊게 파인 주름살을 보는 순간, 아버지는 자신 때문이라는 자책감에 미안함 때문인지 어린애처럼 슬픈 표정을 감추지 못했다.

공연을 보는 어머니의 표정은 감정이라곤 전혀 찾아볼 수 없는 무덤덤한 모습이었다. 한평생 그 누구보다도 흥이 넘쳤던 어머니이었건만, 오늘은 입을 굳게 다문 채 공연이 끝나가는 동안 손뼉 한 번도 치지 않으셨다. 내 앞에 계신 어머니의 표정없는 어두운 얼굴을 보고 있노라니 측은한 마음과 함께 어머니에게서 자주 듣고 흘려보냈던 말이 문득 떠올랐다.

젊은 날의 객기로 어머니의 뜻과 달리 갈 때마다 어머니가 속상해 눈물바람 하시며 하셨던 말씀이다.

"너도 장가가서 새끼 낳고 살아 봐야 내 속을 알 것이다."

그리고 결혼 후에는 행여나 하는 마음에서 이런 말씀을 하셨다.

"미우나 고우나 니 사람 이니께 서로 위하면서 살아야 헌다."

"뭔일이 생겨도 절대로 부부간에 쌈허지 말고 오순도순 살아야 쓴다."

아이들을 낳고 정신없이 살면서 부모님께 신경을 못 써드려 서운하다 싶으면 효도를 가르쳐 주시곤 했다.

"효도가 별것 있다냐!"

"살아 있을 때 잘해야제!, 죽어불면 뭔 소용 있다냐!"

"이 말 명심해야 헌다 잉"

몇 년 전부터는 손자들도 크고 아들도 어느 정도 나이가 중년을 넘어서니까 자식 건강 걱정과 손자들 교육 걱정이 어머니의 단골 메뉴였다.

"어쨌거나 아그들은 공부 잘 가르쳐 똑똑헌 사람 맹그라야 헌다."

"글고 술 담배 쬐깨만 먹고 건강 챙겨라"

지금 와서 생각해 보니 어머니께서 평생 나에게 하신 말씀이 모두 뼈와 살이 있다. 그중에서도 효도와 관련해서 하신 말씀을 생각하니 눈물이 가슴을 파고들어 간장으로 흘러내리는 것 같았다. 우리는 흔히 어버이날이 되면 일 년간 잊고 살았던 '어버이 은혜' 노래 가사를 대충 기억하기 바쁘다. 어버이날 부르는 노래 말의 깊은 의미를 마음속으로 느껴 보지도 않으면서 말이다. 그리고 카네이션 한 송이, 전화 한 통화, 용돈 조금 보내드리면 효도를 충분히 했다고 생각하기 쉽다. 또한, 명절이나 생신 때 부모님을 찾아뵙고는 평소에는 부모님을 잊고 산다. 물론 삶 자체가 여유롭지 못하고 늘 바쁘게 쫓겨 뒤 돌아보거나 좌우를 살펴볼 수 있는 여건이 충분히 갖춰진 사람이 많지 않은 것은 사실이다. 나 역시 그랬던 것 같다. 그러나 부모님 마음은 항상 자식들을 향해 있었다. 그래서 어머니는 날마다 아들 목소리라도 듣고 싶어했다. 그러나 나는 전화도 자주 못 해 드렸다. 내 소식이 궁금하면 어머니에게서 먼저 전화가 온다. 어머니는 어떤 때 화가 나시면 전화로 "효도가 별것 있다냐!" "살아 있을 때 전화라도 잘해야제!"라고 말씀하셨던 것이다.

또다시 어버이날이 다가오면서 내 마음이 숙연해진다. 이젠 카네이션 한 송이를 달아 드리고 싶어도 부모님의 가슴은 보이지 않는다. 부질없는 생각이지만 생전에 좀 더 잘해 드리지 못한 나 자신을 원망해 본다. 설령 아무리 부모님께 잘해 드렸다 한들 부모님의 은혜를 모두 갚을 수는 없다. 부모님의 자식에 대한 희생과 사랑은 하늘보다 높고 바다보다 넓은 것을 이제야 조금은 알 것 같다. 올해 어버이날에는 지금 쓰고 있는 이 책을 아버지 어머니 묘지에 펼쳐 놓아야겠다.

아버지의 청춘 고백

어버이날 행사를 마치고 아버지를 병실로 모셔 드리고 어머니와 함께 집으로 돌아오기 전, 아버지는 어머니와 잘 가라고 인사를 나누면서 거칠어진 어머니의 손을 꼬옥 잡고, 병색이 완연한 어머니 얼굴을 한참 바라보면서 애잔한 표정을 지으셨다. 자식들 앞이라 그런지 아무 말씀도 안 하셨지만, 마음속으로는 어머니에게 젊은 날의 한 때를 사과하는 의미에서 청춘 고백을 노래하는 듯했다. 손석우 작사 남인수 노래 〈청춘 고백〉은 아버지가 어머니 앞에서 평소 즐겨 부른 노래이다. 아버지가 이 노래를 특별히 즐겨 불러야만 했던 무슨 이유라도 있었을까?

헤어지면 그리 웁-고
만나보면 시들 하-고
몹-쓸 것 이 내 심 - 사 -
믿는다 믿어라 - 변 - 치 - 말자
누가 먼저 말 했 - 던 - 가

아아 생각 - 하면 - 생각 수 - 록

죄 많은 - 내 - 청 - 춘 -

좋다 할 때 뿌리 치 - 고

싫다 할 때 달겨 드 - 는

모 - 를 것 이 내 마 - 음 -

봉오리 꺾어라 - 울 - 려 - 놓고

본체만체 왜 했 - 던 - 가

아아 생각 - 하 - 면 - 생각 수 - 록

죄 많은 - 내 - 청 - 춘 -

아버지의 인생을 회고해 보면 뭔가 해답이 나오는 것 같다.

젊은 시절 여자들이 줄줄 따랐던 외모를 입증이라도 하듯 아버지는 현해탄 건너 일본에서 못다 이룬 사랑이지만, 미련과 그리움을 가슴에 품고 살아왔었다. 6·25전쟁 때에는 피난살이의 혼란과 고통을 겪으면서 어린 두 딸을 남겨두고 병으로 돌아가신 첫 번째 부인과 사별의 아픔까지 겪어야만 했다. 아버지는 노부모님과 코흘리개 어린 두 딸을 위해 하루속히 재혼해야 할 형편이었다. 전쟁이 끝나갈 무렵 생활이 안정되어가자 노부모님 성화도 있었고, 주위에서 주선도 있고 해서 이 사람, 저 사람 선도 보고 만나기도 했었다.

아버지는 맞선 보았던 처자 중에 맘에 들었던 처자가 있어 자주 만나게 되었다. 하지만, 할아버지 할머니는 아들이 만나는 여자가 얼굴은 곱상할망정 여러 면에서 맏며느리 감으로는 마음에 들지 않아, 만나지 못하게 하고 맞선을 주선했었다. 당시에는 집안에 사람을 들여올 때 인물보다는 집안을 중시하였고, 본인 의사보다는 부모님의 선택이 좌우하였다. 그러던 중, 할아버지의 지인이 소개한 어머니와 맞선을 보게 되었다. 아버지는 할아버지를 따라 마지못해 선을 보러 갔다가 어머니를 처음 만났는데 어머니가 싫지는 않았던 모양이다. 그래서 선을 보고 나서 아버지는 십리 길을 걸어 어머니를 집까지 바래다주었다. 어머니 말씀에 의하면 아버지가 먼 길을 바래다주기 전까지는 아버지를 탐탁하게 생각하지 않았다고 한다. 마치 인연이 되려고 장인 될 분이 아버지와 산판 일하면서 서로 알았던 분이었다. 외할아버지는 두말없이 아버지를 사윗감으로 승낙하셨던 것이다. 아버지는 장인어른이나 집안도 여러모로 믿을 만하고, 부모님이 특히 어머니를 좋아하셔서 어머니와 인연을 맺게 되었다고 한다. 결국, 아버지는 우여곡절 끝에 부모님과 장인어른 뜻에 따라 어머니와 재혼하게 되었다.

아버지 인생을 들여다보니 젊은 시절 아버지의 애정관(愛情觀)이나 결혼관(結婚觀)을 짐작할 수 있을 것 같다. 일본식 교육을 받고 조선총독부 통치하에서 일본인 부잣집 딸과 사랑하다 바다 건너 일본에 가서까지 사랑을 나누지 않았던가! 비록 징용으로 끌려갔지만, 바다 건너 선진 문명도 배우고 해서 신사고가 또래의 다른 젊은이들보다 앞섰던 것 같다. 그래서 국적과 인종을 초월해서 사랑하는 사람과 결혼도 하고 싶었을 것이다. 그런데 아버지 자신만의 생각대로 할 수 없었던 시대적 아픔이 아버지의 인생길에 중대한 영향을 미치지 않았나 싶다. 그 과정에서 아버지는 옛사랑을 못 잊어 괴로워하면서도 부모님을 모셔야 하는 장남의 의무로서 일본에서 귀국 후 결혼을 서둘러야 했다. 또한, 사별 후에는 아픈 상처를 치유하고 원하는 삶을 설계할 여유도 없이, 하루속히 장손자를 보고 싶어하는 할아버지의 의지에 따라 결혼을 종용받아야 했다.

아버지는 결혼관이나 애정관이 현격하게 다른 부모님과 자신 사이에서 흔들리는 모습을 보였다. 아버지는 막상 어머니와 결혼 생활을 하면서도 결혼 전 부모님이 반대했던 처자와 정에 이끌려 한동안 마음을 잡지 못하였다. 또한, 가슴 속에 묻어둔 현해탄 건너 사랑 때문에 갈팡질팡하며 어머니를 따뜻하게 감싸주지 않았던 것 같다. 결혼 초, 죄 없는 어머니만 심한 마음고생을 하게 된 것이었다. 어머니는 수많은 밤을 눈물로 지새워야 했고, 심지어는 몇 차례나 봇짐을 싸기도 했다. 어머니는 다행히 시부모의 사랑때문에 그 위기를 슬기롭게 넘겼다. 하지만, 어머니는 아버지와 살면서 갈등으로 얼마나 가슴앓이를 했었는지, 내가 어렸을 때 어머니는 속쓰림으로 많은 고생을 하셨다. 지금 생각하니 결혼 초 아버지의 방황이 안겨준 신경성 위장병 때문에 그랬던 것 같다. 내가 중학교 다녔을 때까지도 어머니는 위장병으로 힘들어했었다. 어느 날 아침에는 어머니는 청개구리가 위장병에 좋다는 말을 듣고 앞마당의 살구나무 밑 쥐똥나무 잎사귀에서 이슬 먹고 있던, 손가락 한 마디도 안 되는 청개구리를 잡아 산 채로 목 안 깊숙이 넣고 삼키는 모습을 보았다. 위장병 때문에 오죽했으면 산 청개구리를 삼키셨을까!

어머니는 형과 나를 낳으면서 장손 집안의 맏며느리로서 위상을 찾은 것이다.

아버지도 두 아들 낳고, 조부모님께서 돌아가신 뒤 가장으로서 책임감을 느끼게 되었다. 우리 형제 낳기 전 아버지가 태몽을 꾸었는데 하얀 진돗개 두 마리가 찾아와 반갑게 꼬리를 흔들며 아버지를 따라 집으로 오더라는 것이었다. 아버지는 꿈속에 그리던 백구 두 마리를 얻게 되었고, 무럭무럭 자라는 모습에서 인생의 좌표를 새롭게 설정하시지 않았나 싶다. 그 후에도 동생들 셋을 더 낳아 키우면서, 호구지책(糊口之策)으로 게으름을 피우거나 곁눈질할 새도 없이 가족을 위해 삶의 현실에 순응했던 것 같다. 어머니의 근면 성실과 절약에

힘입어 우리 집은 가난을 벗어날 수 있었으며 평안과 행복을 지속할
수 있었다.

집안 형편이 점점 나아지면서 아버지의 불같은 성질도 젊은 시절
에 비해 많이 누그러졌다. 그러면서 아버지는 어머니에게 미안한 마
음을 가지고 가장으로서 역할을 충실하였으며, 오로지 땀과 노동으
로 묵묵히 가족을 위해 헌신하셨다. 다만, 어머니에게 젊은 날의 잘
못을 시원하게 고백하고 용서를 빌었는지, 무릎이라도 꿇고 사죄를
했는지는 두 분만의 일이다. 그동안 어머니가 마음에 담고 있던 아버
지에 대한 서운한 감정을 말끔히 털어버렸는지는 미지수였다.

아버지가 병상에 누워 계시는 동안 내가 본 아버지의 마음은 어머
니를 평생 비탈길에 묶어 두었던 것에 대한 사과와 황혼기에 어머니
인생의 굴레가 되어버린 자신에 대한 반성으로 빛났다. 속절없이 흐
르는 아버지의 진한 눈물에서도 그동안 자식들도 모르고 있었던 결
혼 초 어머니를 힘들게 했던 사실에 대한 후회의 빛이 역력했다. 그
래서 아버지는 젊은 시절 어머니에게 마음고생을 안겨준 데 대한 미
안함에 어머니와 자식들을 위해 한평생 묵묵히 일만 하면서도, 틈만
나면 〈청춘 고백〉이란 노래를 무언가 깊은 사연이 깃든 것처럼 감정
을 넣어 구성진 목소리로 즐겨 불렀던 것 같다.

동병상련의 눈물

병상의 아버지를 돌보시다가 갑작스레 입원까지 하셨던 어머니가 비록 퇴원은 하였지만, 몸에 이상 징후를 느끼기 시작하자 아내에게 전화하셨다.

"무릎이 아파서 환장 허겄다."

한숨과 함께 하소연 가까운 음성이 수화기 밖으로 흘러나왔다.

"죽기 전에 검사라도 한 번 더 해볼란다."

"외삼촌이 그런디 강남에 관절 치료를 잘하는 유명한 한방병원이 있다고 허더라."

그러자 아내는 놀라움과 걱정이 앞선다.

"그렇게 심해지셨어요? 빨리 서울로 올라오세요."

하지만, 어머니는 아버지가 맘에 걸린 모양이다

"니기 아버지 혼자 놓아두고 갈라니 맴이 안 놓인다."라고 하시면서도

"외삼촌 말로는 그 병원에 사람이 겁나게 줄을 선다고 허더라. 서둘러 예약 좀 해놓을래"

"제가 그 병원 아니까 바로 예약해 놓을게요"

"우리 집에서 다니시면 별로 멀지 않으니까 올라오셔서 치료받으세요."

아내는 곧바로 그 병원에 연락해 정밀검사 예약을 했는데도 예약 환자가 많아 보름 후에나 진찰받을 수 있었다.

무릎 정밀 검사를 위한 상경 준비를 하던 중 어머니는 갑자기 어깻죽지 부근이 아파서 고향에 있는 병원에서 진료를 받으셨다. 검사 결과 갑상샘에 이상이 있는 것 같다는 의사 소견에 서울에 있는 유명 대학병원에 급히 예약하게 되었다.

어머니는 아버지가 입원한 병원에 들러 당분간 떨어져 못 보게 될 아버지와 서운함에 서로 격려하며 인사를 나누었다.

"밥 잘 잡숫고 얼른 일어나야지라우."

어머니는 누워있는 아버지가 안쓰러웠나 보다.

"배고파 죽겠는디 밤낮 죽만 주네"

"손허고 외약 쪽 다리는 오그렸다 폈다 할 수 있응께 걱정허지 마"

아버지는 마치 어린 아들이 엄마에게 관심을 끌려고 하는 것처럼 손과 다리를 움직여 보여주었다.

"이빨을 다 빼버려서 죽만 준 가비요"

어머니는 한마디 하고 나서 아버지 얼굴을 뚫어지게 처다보셨다.

"여그 병원에서는 어디가 이상이 있닥 허덩가?"

비로소 아버지가 어머니의 건강을 물으셨다.

"어깨허고 등짝이 벌어 질라고 해서 가봤더니 갑상샘 땜에 그런다고 안 허요"

어머니의 담담한 대답과 달리 아버지의 음성은 떨렸다.

"유방암은 괜찮허제"

"모르겄소, 서울에 가서 검사해보면 알 테제"

어머니의 차분한 한 마디 한 마디는 오히려 나약해진 아버지 마음을 가라앉혀 주었다.

"그래, 내 걱정허들 말고 검사 잘 받고 오소"

"검사만 받고 금방 내려올 텐게, 재활치료를 잘 받고 있으시오"

아버지와 어머니는 서로의 곁을 떠나는 순간 동병상련(同病相憐)의 눈물을 글썽였다.

어머니 마음 한구석에는 아버지에 대한 미움도 자리를 잡고 있었을 것이다. 일 전에 어머니와 전화 통화할 때 어머니는 나에게 넋두리하신 적이 있었다.

"니기 아버지 병세는 금방 죽을 병이 아니야."

"잘못 허다가는 우리 집 기둥뿌리 뽑힌다."

나에게 말할 틈도 주지 않고 연이어 말씀하셨다.

"그러니까 좀 멀어도 값싸고 조용한 요양병원으로 모셔라."

"병간호도 다 알아서 해준다고 허더라."

어머니는 자식들 걱정해서 돈이 적게 드는 곳으로 아버지를 옮기고 싶어하셨다.

"아니 무슨 기둥뿌리가 뽑힌다고 하세요."

"병원비는 우리가 알아서 해결하니까 엄마는 걱정 그만 하세요."

내가 다소 언성을 높여 말문을 막자, 어머니는 대뜸,

"니기 아버지 병시중 들다가 내가 먼저 죽을랑가도 몰라."

"무릎이 쑥쑥 아리면 잠도 안 오고 나도 죽겠다."

그 순간 나는 어머니에 대한 서운한 마음이 왈칵 들었다.

"그러니까 아버지를 산속 요양병원으로 보내 버리자는 거요?"

"어머니는 간호보다는 아버지에게 가끔 얼굴만 내비치면 되니까 읍내에 그냥 둡시다." 나도 모르게 목소리가 격앙되어 있었다.

그러자 어머니는 아들의 격앙된 전화 목소리에 당황하셨는지 아들에게 실망을 하셨는지 전화를 끊으셨다.

전화를 끊고 나는 베란다로 나와 창 밖에 내려다보이는 복잡한 도시의 불빛을 보면서 답답함에 심란한 내 마음을 진정시켜 보려고 노력했다. 하지만, 그동안 아버지에게 지극정성을 다한 어머니가 왜 그렇게 역정을 내시는지 이해가 되지 않았다. 그때는 내가 어머니 병환의 진행상태를 제대로 몰랐었다. 무릎 아프신 것은 고질병으로 여기고 대수롭지 않게 생각했던 것이다. 또한, 어머니의 유방암 조기 수술 결과에 너무 만족하고 방심했었다. 한마디로 어머니와 자식 간 의사소통의 오진인 셈이다. 어머니가 죽겠다는 말을 두 번이나 강조했지만, 그렇게 심각한 줄은 몰랐고, 돈 걱정하시는 것으로만 잘못 이해했었다. 어머니가 얼마나 많이 서운하셨을까? 당신의 몸보다 자식들 걱정을 먼저 하는 어머니 속마음을 이해하지 못했을까? 그때 어머니를 좀 더 따뜻하게 감싸 드리지 못한 것이 두고 두고 내 마음을 아프게 하고 있다. 지금도 "니기 아버지 병시중 들다가 내가 먼저 죽을랑가도 몰라야."라고 하신 어머니 말씀이 고막을 울리는 듯하다.

결국, 어머니 말씀대로 아버지를 일반병원에서 요양병원으로 옮기기로 하고 몇 군데를 알아보았다. 아버지를 어디로 모실 것인가를 결정하는 문제는 온 집안 식구들의 관심사였다. 그날은 아들딸, 사위가 총출동하여 어머니가 추천한 깊은 산 속에 있는 서울의 모 대학 협력 요양병원도 방문하여 보았다. 여동생들은 엄마라도 살리기 위해서는 아버지가 이곳에 계시는 것이 좋을 것 같다고 했었다. 형과 나를 비롯해 사위들과 일부 형제들은 그래도 가까운 읍내에 계셔야 어머니나 친척들이 찾아가는데 쉽지 않겠냐고 했다. 우리는 시설 등 여러 여건을 고려해 군청에서 위탁 운영하는 가까운 요양병원으로 결정하게 되었다.

어머니가 그렇게 될 줄 알았다면 아버지보다는 차라리 어머니에 집중했을 것이다. 그 당시 솔직한 내 심정은 아버지는 회복이 쉽지 않기 때문에 머지않아 유명을 달리하실 것으로 판단하고, 그 상황만 넘기면 어머니는 여생이나마 편안하게 사실 수 있으리라 생각한 것이다. 아버지 돌아가신 뒤에는 어머니에게 두 배로 효도할 수 있을 것으로 잘못 생각했다. 한편으로는 눈앞에 쓰러져있는 아버지를 두고 어머니를 우선하기가 어려웠던 게 현실이었다.

자식들에 대한 부모님의 사랑이 열 손가락 깨물어 안 아픈 손가락 없다고 하듯이 부모님에 대한 자식의 사랑도 선택사항이 아니다. 더구나 생과 사의 운명을 결정하는 어떠한 선택도 아무리 현명하다 할지라도 자식의 도리는 아닌 것 같았다.

제2부 마음과 마음을 잇는 구름다리

하늘도 무심하더라

무릎 관절염 치료 겸 갑상샘 검사를 위해 6월 중순경 어머니께서 서울로 올라오셨다. 우리 집에 도착하자마자 속이 답답하다시며 음식을 제대로 드시지 못했다. 얼굴이 많이 야위었고, 주름도 깊어졌으며 병색이 완연했다. 어머니는 "어저께 모처럼 고기 몇 점 먹은 것이 체한 것 같다."라고 했다. 아내가 죽을 쑤어 드리고 소화제를 드리기도 했다.

일주일 후 갑상샘 검사 결과는 충격적이었다. 사실 어머니는 이 검사 받기 1년 전 유방암 초기 진단을 받아 수술을 잘 마치고, 지속적인 약물치료를 해오는 중이었다. 그 당시 병원에서는 암을 초기에 발견하여 수술도 잘돼서 전혀 문제가 없다고 하였기 때문에 유방암에 대한 걱정은 거의 잊어버리고 있었던 것이다.

그런데 웬 청천 날벼락인가! 갑상샘이 문제가 아니라는 것이다. 바로 1년 전에 수술한 유방암의 암세포가 간으로 전이되었다는 진단이다. 담당의사의 소견으로는 천명 중 한 명이나 있을까 말까 하는 일이 어머니에게 일어났으며, 어머니 연세를 참작하고 간으로 전이된 상태(말기)로 봐서 수술할 수 없다는 것이었다. 나는 담당의사 말이 믿어지지 않았고, 믿고 싶지도 않았지만, 순간 눈물이 앞을 가렸다. 금방 터져나오려는 울음을 참으며 아랫입술을 깨물고 허공만 올려다보았다. 눈물은 홍수에 봇물이 넘쳐흐르듯 귓가로 사정없이 굴러내렸다. 내 옆에 있던 이 병원에 근무하는 조카의 눈에서도 눈물이 유리창에 빗물 흘러내리듯 소리 없이 흘러내리고 있었다.

어머니가 간암 말기로 판명되면서 나는 처음으로 간암에 관해서 알아보기 시작했다. 간암이 그렇게 무서운 병인지는 새삼 깨닫게 되었다. 간암 말기 환자는 3-4개월 밖에 살지 못한다고 한다. 한마디로 절망적이었다. 하지만, 우리 가족들은 '어머니에게 기적이 올 수도 있다'는 한 가닥 희망을 품고 어머니의 생명을 좀 더 연장해 보기 위해 온 정성을 쏟아야 한다고 생각했다.

담당의사는 "어머니는 입원하실 필요가 없고, 병원에서 처방해 주는 약만 드시고 집에 계시면 됩니다." "어차피 시한부 인생이니 드시고 싶은 음식 마음껏 드시게 하세요."라고 말했다. 어쩔 수 없이 눈물을 머금고 어머니 모시고 병원 문을 나서야만 했다.

큰아들 집으로 가신 어머니는 약물치료만 했다. 그때만 해도 형수께서 정성껏 챙겨 드리는 간에 좋다는 체리, 토마토 등 과일과 홍삼 절편과 음식도 잘 드셨다. 어머니는 발등도 붓지 않아 신발을 신고 걸어 다닐 수가 있어서, 낮에는 더위를 피해 아파트 단지 내 동과 동 사이 시원한 바람이 부는 그늘진 곳으로 가시곤 했다. 그곳에는 아파트에 사는 노인들이 모여들어, 어머니는 한번 나가시면 보통 한나절씩 놀다 오시기도 하였다. 그러나 한 2주쯤 지나자 점점 증상이 심해지면서 발등도 서서히 부어오르기 시작했다. 무더위가 기승을 부리기 시작할 무렵, 서서히 통증이 오기 시작하면서 어머니는 짜증을 내시기도 했다. 설상가상으로 그 무렵 형이 공직에서 명예퇴직을 한 것도 어머니에게 부담을 주었던 것 같다. 형은 어머니에게 걱정을 안 끼치려고 새 직장을 구해서 매일 출근 한다고 집을 나가야만 했었다. 때로는 산으로 가고 때로는 시장도 들르고, 친구들도 만나서 평소처럼 약주 몇 잔 마시고, 퇴근 시간 맞춰 집에 들어갔었다. 하지만, 어머니는 나름대로 눈치를 챘던 것 같다.

때마침 딸들이 병문안 오자 어머니가 대전에 사는 막내딸 집으로 가시길 원해서 그곳으로 모셔갔다. 동생이 나름대로 온 힘을 기울였지만, 어머니의 증상은 점점 심해져만 갔고, 병원에서 말기 암으로 선고받은 지 한 달쯤 될 무렵에는 신발을 신을 수조차 없게 발등이 부어오르고, 간 부위도 점점 딱딱해지기 시작했다.

그럴수록 어머니의 살고자 하는 의욕은 더욱 강해졌다. 어느 날

동생이 백화점에 모시고 갔을 때의 일이다. 발등이 부어 서울 오실때 신었던 구두가 맞지 않자 발에 맞는 멋진 구두를 사고 싶어하셨다. 그리고 옷가게에 들러 고향 갈 때 입을 예쁜 옷을 고르셨다. 동생은 어머니 마음은 알면서도 하루가 다르게 부어오르는 발등 때문에 구두는 불편하고, 곧 신지 못한다는 것을 뻔히 알고 있었기에, 눈물을 머금고 멋은 없지만 가볍고 편한 신발과 옷을 사드렸다. 그리고 대전에 있는 병원에 가서 검사도 해보고 치료를 했으면 하고 채근하셨지만, 어머니가 간암 말기라는 사실을 알고 있는 터라 벙어리 냉가슴이었다. 그렇다고 이 병원, 저 병원 모시고 다니며 어머니만 힘들게 똑같은 검사만 할 수는 없었다. 동생은 답답함을 어머니 몰래 전화로 호소해 왔다.

　나는 어머니가 대전에 계시는 동안 자주 전화통화로 병세를 점검하고, 어머니가 희망의 끈을 놓지 않도록 했다. 동생은 가끔 어머니의 병세가 점점 악화해 가고 있다는 좋지 않은 소식을 전해 주었다. 나는 내심 막연한 기대로 하늘만 쳐다보다가는 큰일 나겠다는 생각을 해 보았다. 그래서 다가올 여름휴가를 기해 어머니와 함께 고향에 가서 아버지도 만나고, 어머니 친구분들도 만나기로 일정을 짜놓고 있었다. 그러자 어머니는 내가 대전에 오기만을 손꼽아 기다리고 있었던 것이다.

그리움에 지쳐서

고향에 있는 요양병원에 홀로 남은 아버지는 간병인들의 도움으로 한 손으로 공 던지기 등 재활운동을 열심히 하고 계셨다. 다소 어눌하긴 하지만, 의사소통에는 지장이 없을 정도로 말씀도 하셨다. 처음에는 어머니 당부대로 밥을 잘 드시고, 간병인들을 "예쁜이" "뚱 돼지" "여우"라고 놀리기도 하면서 즐겁게 지내셨다. 아버지의 표정은 천진난만한 어린아이의 해맑은 모습이었다.

어머니가 서울로 간지 십일 정도 지나면서부터 아버지는 어머니의 검사결과에 대해 무척 궁금해하셨다. 그 무렵에는 어머니 검사 결과가 나온 뒤였지만, 형제들이나 주위 친척들은 일체 함구하였다. 자나깨나 어머니 오기만을 기다리고 있던 아버지는 한 달이 되어도 어머니가 보이지 않자 어머니에 대한 걱정으로 심신이 지쳐가고 있었다.

형제들은 어머니 검사결과가 너무 충격적이어서 한동안 정신이 없었고, 어머니에 대한 대책에 급급하여 아버지께 등한시할 수밖에 없었다. 시간이 흐를수록 아버지는 어머니 걱정 때문에 점점 의욕을 잃고, 식욕마저 떨어져 식사량이 줄어들기 시작했다. 고향 집 가까이 사는 누나와 광주에 사는 여동생이 가끔 병원에 들릴 때마다 아버지는 어머니 안부만 물으셨다고 한다. 몸이 쇠약해 지면서 가끔은 어머니 허상이 보인다 하시거나 돌아가신 할아버지께서 밤마다 찾아오신다는 등 안 좋은 소식을 들을 때마다 내 가슴은 터질 것만 같았다. 어느 날 고향의 작은 누나로부터 전화가 왔다.

"아버지 큰일 났어야."

"뭐가 어떻게 심해졌어요?"하고 묻자,

"인자 나도 잘 몰라보고, 눈에는 헛것만 보이는 갑더라."

"밤마다 엄마가 보였다가 할아버지가 보였다 헌 갑더라."

"병원에서는 뇌에 물이 차고, 뇌 신경에 문제가 있는 것 같다고 헌다."

"식사는 잘하세요?"라고 묻자,

"전에는 배고파 죽겠다고 허더니, 요새는 밥도 쬐까썩 밖에 안 드셔야!"

"암만해도 엄마가 보고 싶어서 병이 도진 것 같더라."

"알았어요. 어머니 모시고 곧 내려갈 테니 그때 봅시다."

전화를 끊고 어머니 걱정과 그리움에 괴로워하시는 아버지의 모습을 생각해 보았다.

아버지는 집을 떠나 병상에 누워 계신지도 반년이 넘자 지루함과 함께 고갯마루 비탈길 옆 작은 집이 그리웠던 모양이다. 평생 살았던 집을 지척에 두고 가고 싶어도 갈 수 없는 신세였으니…. 게다가 눈물로 서로 격려하고 떠나갔던 어머니가 오지 않으니 유방암이 번졌거나 갑상샘에 큰 이상이 생겼다고 생각하실 수도 있었다. 또한, 아버지는 지난해 만났던 친구들도 그립고, 따뜻한 어머니의 보살핌이 끊기자 외롭고 서러웠던 것이다. 아버지는 평소 백난아 노래(김영일 작사) 〈찔레꽃〉을 잘 부르셨다. 아마도 아버지는 병상에서 이 노래를 부르며 집 생각, 친구 생각, 아내 걱정을 하고 계셨을 것이다.

찔레꽃 붉게 피는 남쪽 나라 내 고향
언덕 위에 초가삼간 그립습니다
자주 고름 입에 물고 눈물 젖어
이별가를 불러 주던 못 믿을 사람아

달 뜨는 저녁이면 노래하던 새 동무
철의 객점 북두성이 서럽습니다
작년 봄에 모여 앉아 매일 같이
하염없이 바라보던 즐거운 시절

어머니에 대한 걱정과 그리움이 얼마나 컸으면 어머니의 환상이 나타났을까! 아버지의 어머니에 대한 보고픔은 말로 표현할 수 없었던 것 같다. 어머니가 빨리 돌아오기만을 기다리다 지친 아버지의 애절한 마음을 어머니에게 전해 드렸다.

"엄마 아버지가 엄마 보고 싶어 병났다고 안 허요."

"그럴 것이다. 미우나 고우나 내가 옆에서 관해줄 때가 좋았을 테제."

"엄마는 아버지 안 보고 싶어요?" 하고 묻자

"왜 안 보고 싶겄냐, 그나저나 걱정이다. 둘다 아프기만 허니, 빨리 오니라."

"예, 아버지도 보고, 병원비도 내야 하니까 말일 날 내려 갈게요."

"그래라, 그때 만나자."

어머니도 아버지가 보고 싶었던 모양이다. 그래서 하루빨리 모시러 내려오기를 바라셨다.

마지막 포옹

7월 말 휴가를 내어 식구들과 함께 대전에 들러 어머니를 모시고 고
향 집으로 향했다. 어머니에게 얼마 남지 않은 시간을 유용하게 보내
시게 하는 것이 최우선 과제였다. 우선 고향 요양병원에 홀로 계신
아버지를 만나게 해 드리는 게 시급했다. 또한, 어머니 병세가 더 심
해지기 전에 친구들도 만나고 마지막으로 주변 정리를 하실 수 있도
록 해 드리기 위해서였다.

고향에 도착하자마자 아버지가 입원해 계신 요양병원으로 갔다.
병실에 도착하여 아버지와 어머니는 뜨거운 포옹을 했다. 서로 살
아 있다는 확인이자 안도의 포옹이었다. 기쁨도 잠시, 어머니의 창백
한 얼굴과 고통을 억지로 참는 듯한 힘겨워하는 모습을 본 아버지의
표정에는 슬픈 눈빛이 가득했고 걱정하는 표정이 뚜렷했다. 어머니는
휠체어에 앉아 있는 아버지 손을 잡으며 서로 위로의 말을 건넸다.
"아이고 자네 살아 왔능가!"
"당신도 잘 지냈소?"

"근디 얼굴이 못쓰게 생겼네"

"내려오면서 차 안에서 멀미가 나 죽는지 알았당게"

아버지는 안쓰러운 표정으로 어머니에게 재차 묻는다.

"검사 결과는 어쩌덩가?"

"수술은 할 필요 없이 약만 먹으면 낳는다고 헙디다."

아버지는 어머니의 말에 반신반의하는 듯했다.

"그런디 어쩌서 이제 왔능가?"

아버지를 보고 대화를 나누시던 어머니의 표정에도 여유가 돈다.

"나 없은 게 그렇게 보고 싶읍디여?"

"저녁마다 자네가 꿈에 보이데"

"그럴 것이요. 시상에나, 내가 없응게 이제야 내 생각난 게비네"

어머니 말처럼 아버지는 평생을 옆에서 시중들던 어머니가 안 보이자 어머니의 소중함, 절박함, 못다 한 사랑의 아쉬움이 그리움으로 사무쳤던 것이다.

"자네 멀미 했응게 거그 침대에 좀 누워 있으소"

아버지는 쑥스러운 듯 건너편 침대를 가리키며 오랜만에 만난 어머니에게 다정스럽게 배려한다.

나는 장시간 차에서 시달렸던 어머니가 힘들어 보여 아버지 맞은편 빈 침대에 눕혀 드렸다. 그러자 어머니는 침대에 누운 채 혼잣말로 푸념하셨다.

"옴짝달싹도 못 허면서 언제까지 살아서 저렇게 있을랑가?"
"아그들 고생만 시키고, 할아버지는 뭣허고 계신가 모르겠네."
어머니는 신음하듯 한숨만 길게 내쉬었다.

어머니 아버지가 하루속히 회복하셔서 창밖에 보이는 한 쌍의 잠
자리처럼 자유롭게 두 분이 함께 날아다녔으면 얼마나 좋을까 생각
했다.

어머니와 재회 후 아버지는 다시 생에 대한 의욕이 긴 가뭄끝에
샘솟는 듯했다. 급속히 기력을 회복해 가면서 눈에 총기가 돌기 시작
했고, 입가에는 시종 미소를 잃지 않았다. 식사도 잘하시고 재활운동
도 다시 하시게 되었다. 재활 운동이 끝나고 한가로운 틈을 타, 나는
모처럼 휠체어에 아버지를 태워 병원 주위를 산책하며 아버지가 평
생 일구어 왔던 우리 논을 보여 드렸다. 아버지는 "나락(벼)은 심었느
냐?"라고 물으시며 땀 흘려 농사짓던 지난 수십 년 밟고 다녔던 논두
렁, 수로까지 유심히 바라보고 있었다. 불과 몇 년 전까지만 해도 자
전거를 타고 이 논두렁 길로 다니셨던 아버지이기 때문에 인생의 무
상함을 절감하시는 것 같았다.

잠자리의 포옹

구름 한 점 없는 파란 하늘
햇살 사이로 눈부신 날갯짓
앞서거니 뒤서거니
잠자리 한 쌍이 술래잡기한다.
이윽고 날개를 마주친다.
햇볕에 익는 포도 알맹이가 향기를 뿜자
잠자리는 포도알에 입 맞춘다
길가의 코스모스가 손을 흔들자
잠자리는 코스모스와 악수한다
논두렁의 해바라기가 쑥스러워 고개 숙이자
잠자리는 해바라기와 맞절한다.

"저그 기차역 옆에 있는 것이 밭 다랑이구나"

"손바닥만 한 논 때문에 니기 어매 고생시킨 것 생각허니…."

말씀을 잇지 못하시고 눈물이 그렁그렁하셨다. 아마도 70년대 초쯤 농경지 정리할 때 고생하셨던 일이 문득 생각나신 모양이다. 그 당시 우리 논은 농경지 정리하면서 조각 논이던 밭 다랑이에 여분의 땅이 더 붙어 면적이 늘어나는 바람에 당시 형편상 감당하기 어려웠던 토지 값을 치러야 했다. 식솔은 많고 자식들 학비 마련도 쉽지 않은데, 늘어난 땅값까지 치르면서 아버지와 어머니는 정말 피나는 노동을 하셨다.

그 시기에 나는 고등학교에 다니고 있었다. 나는 어린 생각에 학업을 포기할까 하는 생각도 많이 했었지만, 다행히 장학혜택을 받아 학비걱정은 덜었다. 하지만, 장성에서 광주까지 통학하면서 버스비가 없어서 어머니를 힘들게 하였다. 집안 구석구석 다 뒤져도 단돈 1원 한 푼 안 나오니, 어머니는 이른 아침부터 애간장 태우며 온 동네를 헤집고 다녀 어렵사리 돈을 꾸어다 주시곤 했다.

어느 날은 주머니에 있는 줄 알았던 차비가 없어 차를 타러 가다 말고, 공원 벤치에서 털썩 주저앉아 버렸다. 별의별 생각을 다 해보았지만, 결국 날이면 날마다 일터에 나가 고생하시는 부모님 얼굴이 떠올랐다. 일에 채이고 땀에 찌들며 고생하시는 부모님 모습에 최소한 그보다는 나은 사람이 되어야겠다고 마음먹었다. 팽개친 가방을 집어들고 다시 책을 꺼내서 읽었다. 어머니가 자식 학교 보내며 정성껏 싸준 도시락이 햇볕에 달구어져 김치가 익어가고 있었다. 그래도 밥은 먹어야 했기에 어머니에게 감사하며 도시락을 먹었다. 공원 벤치에서 가방을 베개 삼아 누워, 잠시 어머니를 생각하면서 모자로 얼굴을 가린 채 눈물을 흘리다 그만 벤치에서 잠들어 버렸다.

나는 왜 당연하다는 듯이 어머니에게 손을 내밀었을까? 어머니는 내게 빚이라도 진 듯이 돈을 꾸러 아침부터 온 동네를 돌아다녀야만 했을까? 아무리 생각해도 부모와 자식은 서로 피를 나눈 사이였기에 가능했을 것이다. 바로 그 시절 어머니를 가장 힘들게 했던 원인이 바로 눈앞에 보이는 밭 다랑이였기에 아버지가 그 논을 보고 가슴 아파하셨던 것 같다.

아버지는 다시 병실로 돌아가 침대에 누워 계신 어머니의 손을 잡은 채 한동안 꼼짝하지 않고, 어머니 얼굴만 한참 동안 바라보고 있었다. 무슨 말씀을 하고 싶었을까? 아마도 어머니 얼굴에 늘어난 주름살을 보고 안타까운 마음에 지난 세월을 반성하고, 나름 회한을 느끼시는 것 같았다. 평생을 당신 뒤치다꺼리만 하고 호의호식 한번 제대로 못 해주고 고생만 시켰으니 그럴 만도 했다. 더구나 당신 병간호 때문에 몸져누운 어머니에게 한없이 미안한 마음이 들었던 모양이다.

나와 형제들은 물론이고 어머니와 아버지도 이 만남이 생전에 마지막이 될 줄은 꿈에도 몰랐다. 침대에서 잠시 누워 계셨던 어머니는 피로가 다소 가신 듯 일어나셨다. 어머니는 약만 먹으면 곧 나을 수 있다며 아버지를 안심시키고, 마지막 인사를 하면서 헤어졌다.

그렇게 헤어지는 두 분을 보면서 돌아서는 순간, 갑자기 어질 하더니 눈에서 눈물이 핑 돌았다. 말기 암 선고를 받은 어머니를 속이고, 또 아버지에게도 약만 드시면 곧 낫는다고 속였기 때문이다. 이때만 해도 어머니는 당신의 병은 약만 잘 먹으면 낫는다고 확신을 하고 있었기에 아버지를 안심시켜 드리기까지 했던 것이다.

어머니와 석류

갑상샘 검사받으러 서울로 갔다가 한 달 반 만에 다시 고향 집을 찾은 어머니는 평생을 들판에서 함께했던 '평전'에 사는 친구들도 만나보고, '서낭동' 노인당의 친구들도 만나보게 되었다.

어머니가 고향 집에 도착하자 어디서 소문을 들었는지 평전과 서낭동에 사는 어머니 친구분들이 모여들었다.

"애숙이 어매 왔당가"

이웃집 춘식이 어머니가 반가워하면서도 걱정을 앞세운다.

"하도 소식이 없어 필시 뭔 일이 있는 갑다고 생각했는디, 요렇게 살아와서 반갑네"

"자네들 보고 싶어서 댕겨 갈라고 왔네."

어머니도 오랜만에 본 친구들에게 앉아서 힘없이 대답한다

"워매 어쩌 그렇게 얼굴이 못쓰게 생겼다냐!"

"어쩐다냐 손발이 퉁퉁 부어서"

"고것이 뭔 병 이당가?"

모두가 어머니를 진심으로 염려하고 안타까운 표정을 지으며 어머니를 위로하셨다.

"배속에 뭐가 들었는지 딱딱허니 잡히고 답답허고 죽겠네"

어머니는 간암 말기라는 사실도 모르고 배를 만지며 증상을 말한다.

행여나 누군가가 혹시나 "거그는 간(肝) 인가 빈 디"라고 말할까봐 나는 긴장되어 등골이 오싹하며 이마에서 식은땀이 흘러내렸다.

"그래도 뭐라도 꼭 먹어야 사네"

"그럴 때는 대사리(다슬기)를 팔팔 끓여 먹으면 좋다고 허데 만은"

"요새는 장에 가도 대사리 구경도 못 허겠데"

평전 사는 할머니가 한마디 하면서 시골시장도 옛날과 다름을 전한다.

"그렇지 않아도 우리 아들이 서울서 구할라다 못 구허고 왔다네, 시골에 가면 있을랑가 해서"

여독이 풀리신 듯 어머니는 고향 친구들을 만나 한껏 힘을 얻으신 듯 다소 희망을 품고 말씀하신다.

저녁 무렵 옆 마을에 사시는 숙모님들이 찾아오셨고, 멀리 대구에서 누나와 매형이 오셨다. 어머니는 그날 밤 큰 누나가 만든 양념 닭발 요리를 맛있게 드시면서 수십 년간 함께 고향에서 살아왔던 숙모님 두 분과 도란도란 이야기 나누며 함께 주무셨다.

어머니와 석류

초하(初夏)의 새벽빛에
영롱한 이슬방울 머금고
빠알간 입술을 연다

이국적 미모에 넘치는 정열
이글거리는 한여름 태양에
사랑과 미움이 불타오른다

탐스럽게 부풀어 오르는
불그레한 가슴을 부여 안고
입술을 깨물며 아픔을 참는다

휘영청 보름달에 가슴을 열어젖히고
주옥(珠玉)같은 보석을 가득
달빛에 실어 보낸다

만추(晩秋)에 울타리 타고 오는 찬바람에
산산조각으로 부서져
은하수 되어 흐른다.

둘째 작은어머니는 누워 계시는 어머니 모습에 안타까워하며 동갑내기로서 백수를 다짐하셨다.

"형님 그동안 우리 얼마나 고생허고 살아왔소"

"특히 형님이 고생험시롱 사신 것 생각허면 눈물이 나요. 그런게 형님은 오래오래 사셔야 해라우"

막내 작은어머니도 거드신다.

"형님이 지겠응게(계셔서) 우리 집안이 요렇게 일어났제, 형님 아니었으면 택도 없었을 것이요."

"참말로 일도일도 형님만큼 많이 했던 사람 조선 팔도에 눈 씻고 찾어 볼라도 없어라우."

"독한 맘 먹고 약도 챙겨 드시고 꼭 인나셔야 해라우."

둘째 작은어머니가 관절에 좋다는 닭발 요리를 드시면서 다시 말씀하신다.

"형님은 무릎 땜시 너무 고생하셨소. 우리 닭발 먹고 힘냅시다."

"형님 우리 한 백 살까지는 삽시다."

어머니는 증상을 자세히는 몰랐어도 간단한 병이 아닌 것으로 판단하셨는지

"요 병만 나으면 백 살까지는 살 수 있을 것 같네! 만은…."

"자네들은 건강헐 때 몸 간수 잘 허소."

어머니는 오랜만에 집에 들러 며칠 밤을 보내며 서울로 떠나시기 전 함께 놀던 노인당 친구들도 만나고, 친인척들의 병문안을 받고 정겨운 시간을 보내셨다. 어머니가 많이 편안해 보였다. 나는 마당에 나와 밤하늘을 올려다보았다. 오랜만에 보는 고향의 여름밤 하늘엔 빼곡히 들어선 별들이 소곤소곤 옛이야기를 나누고 있었다. 별들도 어머니를 한동안 보지 못해 궁금했는지 앞다투어 고개를 내밀며 어머니에게 희망의 빛을 비춰주고 있었다. 나는 어머니가 하루빨리 회복되어 고통 없는 삶을 살 수 있게 해주도록 하느님께 기원했다.

잠시 울타리 탱자나무 틈을 비집고 솟아나온 가느다란 신우대 댓잎 사이로 살며시 불어오는 바람을 타고, 정원에 있는 아름드리 은목서의 꽃향기가 은은히 코를 스친다. 울타리 옆에 있는 석류나무의 석류가 빨갛게 익어가고 있었다. 예로부터 부귀 다산(富貴多産)을 상징하는 석류를 볼 때마다 어머니 생각을 하곤 했었다. 석류꽃의 아름다움과 열매에서 느끼는 풍성함 그리고 맛에서 느끼는 새콤달콤함이 왠지 정감이 가기 때문이다. 젊은 날의 어머니 입술같이 빨간 석류꽃은 정열을 발산하고, 한여름 땡볕에 몸을 태워 빨갛게 익은 석류는 온몸이 찢어지는 아픔을 감내하며 보석처럼 영롱한 씨를 터트린다. 석류의 일생이 마치 어머니의 인생에서 느낄 수 있었던 삶의 열정과 아픔, 사랑과 미움, 동정과 자비, 헌신과 무소유를 보는 듯했다.

　다음 날 아침, 나는 텃밭에서 어머니가 가꾸어 놓은 파, 상추, 고구마, 토란, 취, 부추 등을 유심히 둘러보았다. 한동안 어머니의 보살핌을 받지 못한 채소들은 어머니의 위중함은 아랑곳하지 않고, 잡초와 뒤섞여 너풀너풀 자라고 있었다. 그 위로 하얀 나비 한 쌍이 사뿐사뿐 날아서 언덕배기 울타리의 무궁화 꽃에 앉았다. 텃밭에서 허리를 구부리고 밭을 매는 어머니 모습과 삽질을 하시던 아버지의 모습이 떠오르며 순간 가슴이 찡하고 눈물이 핑 돌았다.

　텃밭 한편에 어머니가 가꾸어 놓은 헛개나무와 오가피나무가 보였다. 내 키를 훌쩍 넘게 자란 헛개나무를 보니 마음이 아파졌다. 헛개나무 열매와 줄기가 간에 좋다는 말을 듣고 술 먹는 자식들 생각해서 어머니가 오래전에 구해서 심어놓았다. 그리고 매년 열매와 나뭇가지를 잘라 자식들에게 나누어 주곤 했다. 헛개나무 몸통에서 가지가 잘려나간 옹이를 보니 더욱 가슴이 뭉클해지고 울화가 치밀었다. 정작 헛개나무 열매와 줄기를 다려서 약으로 드셔야 할 분은 어머니 아니었던가? 자신의 건강보다 자식들의 건강을 더 중하게 여

긴 어머니의 헌신적인 자식 사랑에 다시 한번 가슴이 미어져
왔다.

나는 어머니 아버지를 생각하며 텃밭 구석구석을 둘러보다가, 귀
퉁이 경사진 언덕의 파다 만 호박구덩이에 비스듬하게 힘없이 누워
있는 닳고 닳은 헌 삽 한 자루가 녹슬어 가고 있는 것을 보았다. 아버
지가 쓰러지신 후 어머니가 삽을 들고 밭을 일구어 오셨다. 그러나
올해는 정말 힘에 부치셨던 모양이었다. 어머니는 저 호박 구덩이를
파다가 지쳐 울었을 것이다. 파다 말고 기력이 떨어져 다음에 와서
파려고, 삽을 그대로 놓아둔 것이 틀림없었다. 다시 오지 않는 주인
을 기다리는 삽은 슬픔을 온몸으로 산화하고 있었다. 닳고 닳은 녹슨
삽도 내 마음을 알아주는 듯했다.

여름휴가를 기해 예정대로 어머니를 서울로 모시고 올 요량으로
어머니 승낙을 얻어냈으나, 어머니가 집에서 며칠 머무는 동안 발등
이 더욱 부어오르고 통증을 호소하기 시작하여 급기야 집 부근 병원
으로 모셨다. 형도 내려와 서둘러 어머니를 서울로 모시고 올라갔으
면 했지만, 어머니가 고향 병원에 더 계시고 싶어하셔서 광주에 사는
여동생에게 어머니 병간호를 부탁하고 서울로 돌아갔다. 그 후 병세
가 다소 우선해지자 병원 구급차로 서울의 한 요양병원으로 모셨다.

닳고 닳은 녹슨 삽

밭 귀퉁이 언덕

파다 만 호박 구덩이

손 때 묻고 닳고 닳은 삽 한 자루

비스듬히 누운 채 외로워하네

빗속에서 흠뻑 젖어

주인을 기다리다 울고 있네

검붉은 눈물을 흘리며

슬픔을 온몸으로 산화하네

삽도 내 마음 같아서

손잡이를 어루만져 주었네

〈엄마 아버지가 쓰시던 삽과 일하실 때 신으셨던 장화〉

시들어만 가는 꽃잎

우리 가족들은 어머니에게 간암 말기라는 사실은 끝까지 비밀에 부쳤다. 유방암은 조기 발견으로 수술이 잘되어 이상이 없고, 다만 갑상샘 쪽에 탈이 생긴 것으로 알고 계셨다. 그리고 담당의사도 "식사 잘하시고 약만 잘 드시면 나을 수 있습니다."라고 하였기 때문에 어머니 자신도 나을 수 있을 거라고 믿고 계셨다.

그래서인지 며느리들이 정성스레 준비해 간 음식이며 채소며 과일도 잘 드셨다. 어느 날은 문득 고향 된장이 생각나신다하여 어머니가 보내주셨던 어머니 표 고향 된장도 갖다 드리고, 그 된장으로 된장국을 끓여다 드렸더니 맛있게 드셨다.

나는 간암에 다슬기가 좋다기에 멀리 섬진강까지 가서 다슬기를 구해다 끓여 드렸더니 맛있게 잘 드셨다. 아내는 민물장어 뼈를 고아 드리면 좋다는 이야기를 듣고 음식점을 운영하는 친구에게 부탁해 민물장어 뼈를 구해 밤새 달여 드렸는데 어머니가 입맛에 맞지 않는다고 드시지 않아 아깝지만 버리고 말았다.

　어느 날엔 홍어회가 드시고 싶어하셔서 형수님이 회무침을 만들어왔다. 어머니는 홍어회를 무척 좋아하셨다. 명절이나 잔치 날은 말할 것도 없고 심지어 자식들이 고향 집에 간다고 하면 어떤 일이 있어도 꼭 준비해 놓으시던 음식이다. 그런데 그날은 몇 점 드시더니 병실에 계신 할머니들께 나누어 드렸다. 모두 맛있다고 하시며 잘 드셨지만, 어머니는 더는 드시지 않았다. 내가 병원에 가자 어머니는 나에게 홍어회를 먹으라고 하시며 맛있게 먹는 내 모습을 보고 잔잔하게 웃음을 지으셨다. 아들이 홍어회를 좋아하기 때문에 남겨 두신 모양이다.

　어머니의 얼굴이 부어 틀니가 맞지 않아서 잇몸이 아프시다고 한다. 그러나 어머니는 아버지처럼 틀니를 한번 빼면 영원히 끼울 수 없다고 생각하셨던지 틀니를 절대 빼지 못하게 하셨다. 아버지 병시중들면서, 이가 없어 밥이나 다른 음식을 씹지 못하는 아버지 모습에 너무 마음 아파했던 어머니였기 때문이다. 그 당시만 해도 어머니는 음식을 먹어야 나을 수 있다는 의지와 생에 대한 애착이 강했던 것 같다.

며칠 후 나는 아내와 딸과 함께 어머니 병실에 들렀다. 딸은 할머니의 초췌한 모습과 퉁퉁 부은 손발을 보고 눈물을 훔치며 할머니를 위로해 드렸다.

"할머니 힘내세요!"

"조금만 참으시면 나으실 수 있어요."

그러자 어머니는 오히려 손녀를 다독거린다.

"울지 마라, 너 시집가는 것 보고 죽을 랑게"

"그래요, 오래오래 사셔야 제가 돈 벌어 할머니 옷도 사드리고 맛있는 것도 사드리죠."

그런 손녀가 대견스러웠는지 어머니는 아픈 것도 잠시 잊고서 밝은 표정으로 딸의 손을 끌어 당기며 살며시 미소를 지었다.

그러나 하루가 다르게 어머니의 음식 섭취량이 줄어만 갔다. 더구나 점차 통증이 심해지고 가려움증이 나타나 온몸을 긁기 시작하면서 병실을 옮겨야만 했다. 병실에 있는 다른 환자들이 어머니의 증상을 피부병으로 오해하고, 다른 병실로 옮기라고 항의했던 모양이다. 나는 간호사에게 피부연고를 발라 주도록 부탁했다. 간호사는 간암이 악화하면 나타나는 증상으로 피부병이 아니라고 설명했다. 하지만, 어머니에게 간암 때문에 그것도 말기라서 속이 가려운 것이라고 말할 수가 없어서, 가려워도 긁을 수 없는 내 가슴속 깊은 곳까지도 가려워지는 듯 괴로웠다.

다른 병실로 옮긴 뒤에도 가려운 증상이 더욱 심해져 온몸이 손톱 자국과 피딱지 등으로 얼룩져 차마 두 눈 뜨고 볼 수 없었다. 이제는 대소변도 몸소 가누기가 어려워져만 갔다. 어머니는 처음에는 희망을 버리지 않고 식사도 잘하시고, 날마다 전화도 잘 받으셨다. 아들 딸, 며느리들 안부 전화에 휴대전화 배터리 충전을 수시로 해야만 했었다. 이무렵 광주 여동생이 어머니를 찾아 어머니 곁에서 하룻밤을 지새웠다. 그때만 해도 어머니는 딸과 이야기도 도란도란 했고, 딸이 사다 준 포도도 잘 드셨다. 다만, 떠난다고 하니 딱 한 방울의 눈물을 보이며 죽음을 예고하는 듯한 마음 약한 말씀을 하셨다고 한다.

"내가 아파서 죽으면 눈물을 흘리지 말고 울지도 마라. 그리고 화장을 해서 뿌려버려라." 동생은 이 말을 지금도 잊지 못하고, 가슴 아파하면서 어머니를 그리워한다.

그 후 어머니는 통증이 더욱 심해지면서 누구와도 통화하는 것마저 귀찮아하시고, 신경이 날카로워져 병원에 대한 불만과 사소한 일에도 짜증을 내시기 시작했다. 그래서 나는 어머니에게 큰 병원에 예약해 놓았으니 연락 오는대로 옮겨 드린다고 달래 드렸다.

사실은 이미 접수해 놓은 호스피스 병동에 병실이 나오기만을 기다리고 있는 동안 어머니의 상태는 더욱더 심해져 갔다. 어머니의 모습은 마치 활짝 피었다가 서서히 시들어가는 하얀 장미꽃 같았다. 점점 누렇게 퇴색해 꾸깃꾸깃 말라가고 있는 꽃잎처럼 내 속도 마르고 타들어만 갔다. 어머니는 차도가 없자 낙담을 하는 듯했고, 생에 대한 애착이 부질없는 욕심이란 것을 깨달은 듯 여차 하면 실낱같은 생명의 끈을 놓아버릴 상황이었다.

　　한편, 아버지는 곧 온다고 약속하고 서울로 올라간 어머니가 돌아오지 않자 어머니를 걱정하면서도 어머니가 오시기만을 손꼽아 기다리고 있었다. 그리고 마음속으로나마 병마와 싸우는 어머니에게 힘을 주고, 어머니를 사랑으로 감싸 드리고 싶어하셨다. 아버지는 마음만 있을 뿐 어머니에게 달려가고 싶어도 갈 수가 없는 처지라 아버지의 속내를 대신해서 내가 어머니를 위로해 드려야만 했다.

　　"여보 어젯밤 꿈속에서 당신을 보았어."
　　"언제 보아도 당신은 아름다운 여자야"
　　"당신이 서울로 떠난 뒤 당신의 고마움을 더 느끼고 있어."
　　"내가 당신에게 진 마음의 빚이 너무 많은 것 같아. 미안해"
　　"여보 요즘 날씨가 더워 고상 많지"

"여름에는 모기 조심해야 허네, 모기 물리면 큰일 나"

"몸이 가려우면 찬물 좀 끼얹어 봐, 절대 긁으면 안 되네!"

"당신은 나 안 보고 싶은가?"

"밥 잘 먹고, 힘내고, 빨리 나아서 내려오소"

"나도 당신 보고 싶어 죽을 지경이네"

"그놈의 비탈길 땜에 무릎도 고장 나고 평생을 고생했어"

"여보 힘들게 해서 정말 미안해!"

"아 참! 늦었네, 당신만을 사랑해!"

아버지가 오셔서 직접 위로의 말씀을 했더라면 어머니에게 큰 힘이 되었을 텐데 안타까울 뿐이다. 두 분만 함께 계셨다면 아버지는 가슴속 더 깊은 곳의 말도 꺼내면서 어머니를 위로했을 것이다.

욕심과 소유의 굴레를 벗어버린 어머니

어머니가 요양병원에 입원한 직후 강남에 있는 성모병원 완화의학과에 입원 절차를 밟았으나 병실이 없어 대기 중이었다. 십여 일이 지나서도 연락이 없어 어머니의 위중한 상황을 전하고 다급히 닦달했다. 다행히 이틀 뒤 목 빠지게 기다리던 병실이 비었다는 연락을 받고 곧바로 호스피스 병동으로 옮기게 되었다. 어머니는 호스피스 병동에 입원을 하고 마음이 안정되었는지 이 병원에 기대를 거는 듯 말했다.

"진찬이(괜히) 거그서 있었던 갑다. 진작 옮겼어야 헌디, 손해 나 부렀써야."

어머니는 간암 말기에 운명의 시각이 다가오는 줄도 모르고 병원 탓만 하셨다.

"이 병원은 서울에서도 유명한 병원이어요."

"이 병원에서는 몸이 가렵지 않고, 아프지도 않게 해 드릴 거예요."

나는 속으로는 눈물을 삼키며 어머니의 기대를 꺾을 수가 없었다.

완화의학을 실천하는 호스피스 병동은 말기 암 환자의 육체적 고통을 덜어 주고, 죽음에 대한 두려움과 생에 대한 미련을 갖지 않고 좀 더 편안하게 떠날 수 있도록 도와주는 곳이다. 다만, 억지로 생명을 연장하기 위한 산소호흡기는 부착하지 않는다는 서약서에 사인한다.

입원한 날 오후 늦게 몇 가지 검사를 했는데 예상대로 검사 결과는 좋지 않았다. 암세포가 간 전체에 퍼져 있고, 온몸이 부어오르고 가끔 간 쇼크가 나타날 수 있기 때문에 상황에 따라서는 갑자기 돌아가실 수도 있다는 것이다.

호스피스 병동으로 옮긴 뒤 어머니는 마음이 많이 진정 된 것 같았다. 간호사들의 친절한 서비스와 고통을 호소하면 즉각적인 주사 및 투약이 어머니의 고통을 완화해 드렸던 것 같다. 어머니의 표정도 이전보다 편안해 보였다.

특히, 불교 신자였던 어머니는 스스로 깨달음이 있었던 것 같다. 그래서 당신의 업보에서 오는 운명을 감사하게 받아들이고, 마음을 정리했음이 틀림없다. "사람이 산다는 것은 바로 죽는다는 것"이라는 청담스님의 말을 익히 알고 계셨던 어머니는 생과 사의 공포를 떨쳐

내고, 금생(今生)의 온갖 번뇌를 씻어버리며 마음속으로 "나무아미타불 관세음보살" 하며 염불을 외는 듯했다.

법정 스님이 "우리는 이 지상의 적(籍)에서 사라질 때에도 빈손으로 갈 것이다."라고 저서 〈무소유〉에서 욕심과 집착을 버려야 함을 강조했던 것처럼, 어머니는 이미 생에 대한 욕심과 소유의 굴레를 모두 벗어버린 듯했다. 그리고 고향에 남겨두고 온 아버지에 대한 그리움도 서운함도 응어리진 비탈진 고갯길 설움도 모두 홀홀 털어버리고, 용서와 사랑의 눈빛을 나에게 확인시켜 주었다. 어머니의 마음이 한층 더 평온해진 것 같았다.

다음 날 호스피스 병동 자원봉사단원들이 찾아와 기도를 해주고 좋은 이야기도 들려주었다. 어머니가 개신교 신자가 아니라서 찬송가 대신 어머니가 좋아하는 옛날 노래를 불러 주었다. 어머니는 자원봉사단원들이 불러준 〈고향의 봄〉을 들으며 지그시 눈을 감고 편안한 마음으로 지난 인생을 회고하는 것 같았다.

고향의 봄

나의 살던 고향은 꽃피는 산골

복숭아꽃 살구꽃 아기 진달래

울긋불긋 꽃 대궐 차린 동네

그 속에서 놀던 때가 그립습니다

꽃동네 새 동네 나의 옛고향

파란들 남쪽에서 바람이 불면

냇가에 수양버들 춤추는 동네

그 속에서 놀던 때가 그립습니다.

- 이원수 작사

〈고향 집 정원의 나무들도 부모님의 손길을 그리워 한다.〉

어머니의 눈물

어머니가 세상을 떠나시기 이틀 전, 나는 온 종일 병실을 지켰다. 그날 저녁 식사 메뉴는 흰 쌀죽에 간장, 국물 등이었다. 어머니는 나를 보고 "아이고 어찌해야 쓸 거나?"하면서 무언가를 걱정하시는 것 같았다. 죽을 떠 넣어 드리자 한 숟가락을 받아 드시고 "다 못 먹으니까 작은 그릇에 조금만 덜어 간장을 넣어 비벼 주라."라고 손짓을 하셨다. 그리고 나머지는 나보고 먹으라고 하신다. 이것이 어머니와 함께한 마지막 만찬이었다. 마지막 순간까지도 아들이 배고플까 걱정되어 나누어 먹고 싶은 어머니의 자식 사랑하는 마음에 순간 눈시울이 뜨거워졌다.

어머니가 남겨준 죽을 먹은 뒤 빈 그릇을 치우고, 휴게실에서 커피 한 잔 마시고 있는데 간호사가 허겁지겁 달려와 어머니가 배가 아파 화장실을 가고 싶어 하신다고 한다. 나는 담당 간호사의 도움을 받아 어머니를 화장실로 모시고 가 변기에 앉혀 드렸다. 어머니는 힘이 없어 시원하게 변을 보지 못하고 고통스러워 하셨다. 나는 어머니

뱃속에서 태어난 이래 처음으로 어머니 변을 받아냈다. 어렵게 조금 나오기 시작하자 억지로 어머니 항문 주위를 눌러 두 덩이 정도 변을 보시게 한 후 깨끗이 닦아 드렸다. 어머니를 다시 병실로 모시고 와서 침대에 앉혀 드리자 어머니는 편안한 표정을 지으셨다. 그것도 잠시 "아이고 어쩌야 쓸 거나?"하시며 내 손을 잡아당겨 꽉 붙잡으셨다. 평상시 어머니 어투로 봐서 뒷말을 생략하고 눈물로 대신한 것 같다. "아무래도 곧 죽을랑 가비다."라는 말을 생략하신 것이다.

이어서 어머니는 다급한 표정을 지으며 무언가 나에게 당부 말씀을 하시고 싶었지만, 단어가 금방 떠오르지 않는 것 같았다. 어머니가 마지막으로 아버지에 대한 당부와 평소에 나에게 하시던 말씀을 하고 싶으셨던 것 같다.

"느그 아버지 잘 모셔라."

"느그 아버지는 세상천지에 법 없이도 살 양반이다."

"한평생 고상 많이 헌 양반이다. 마음도 고진이고…."

아버지를 두고 떠날 마음의 준비를 하시며 마지막까지 아버지를 챙기시고 싶었을 게다.

"무슨 일이 있어도 가정 화목허고, 형제간에 우애허고, 건강 조심해야 헌다."

"담배도 고만 먹고 술은 쬐게(조금)만 묵어라. 잉"

"아그들 취직하는 것도 보고, 시집 장가가는 것도 보고 싶은
디……"

"어쨌거나 아그들 훌륭하게 잘 키워야 헌다."

어머니가 내 손을 붙잡고 있는 동안 나는 어머니가 혹시나 미안해
할까 봐 안심시켜 드렸다.

"저녁에는 보미 엄마도 오니까 걱정하지 말고 화장실 가시고 싶으
면 말씀하세요."

"바로 문 앞에 간호사실이 있어서 부르면 금방 오니까 걱정 안 하
셔도 돼요."

어머니는 '보미 엄마도 오니까'라는 말이 들렸는지 아내를 찾는 듯
눈동자를 좌우로 움직이셨다. 병실 내 다른 환자의 간병인도 보았다
가 다시 나를 바라보았다. 갑자기 어머니는 잡았던 내 손을 놓고, 당
신의 귀를 몇 차례 잡아당기시면서 "뭐라고?" 하며 답답한 표정을 짓
고는 진한 눈물을 흘리셨다. 가시기 전 며느리의 손을 잡고 무슨 말
씀을 하고 싶었는지 모른다.

눈물방울에는 아버지의 얼굴과 형제들과 내 얼굴 그리고 아내의
얼굴이 활동사진처럼 비치고 지나갔다. 그리고 고귀한 눈물 속에
는 아버지에 대한 그리움과 원망, 사랑과 미움이 모두 녹아
있는 것처럼 느껴졌다. 어머니는 아버지에게 순종하며 살아오면
서 참고 견뎌야 했던 삶의 굴레를 벗어버린 것이다. 마침내 어머니

눈가에 맺힌 눈물이 볼을 타고 흘러내렸다. 그리고는 말이 없으셨다.

어머니가 고통스러워 하시는 것 같아 간호사를 불렀다. 간호사는 간 쇼크가 나타나서 그런 것 같다고 하면서 주사를 놓아 드렸다. 다시 평온을 되찾았다. 하지만, 말씀이 없으시고 주무시고 싶어 하셨다. 이때부터 어머니의 의식이 서서히 희미해진 듯했다. 사실상 이때부터 사경을 헤매기 시작한 것이다. 그러나 나는 어머니의 의식이 사라진다고 생각하지 못했고, 그런 생각은 하고 싶지도 않았다.

얼마 지나지 않아 어머니와 나는 귀와 입으로는 대화를 나누지 못했다. 다만, 오감을 통해 눈빛과 가슴으로 대화하면서 어머니의 마음과 얼을 가슴속에 담았다.

그날 밤 나는 마지막으로 내 손을 끌어당긴 어머니 손에서 느껴졌던 온기를 잊지 않으려고 애를 썼다. 어머니의 온기가 진한 눈물과 함께 내 가슴속으로 파고들었고, 어느새 내 두 뺨에도 눈물이 흘러내렸다. 힘들 땐 언제나 내 손을 잡아주고 내가 괴로울 때는 언제나 내 마음을 달래주신 어머니는 진정한 나의 동반자였다. 어머니가 나를 낳아서 기르면서 진자리 마른자리 갈아 누이시고, 내가 대소변 가릴 때까지 얼마나 많이 내 몸을 닦아주고 씻어 주셨을까 헤아려 보았다. 어림잡아 수천 번은 넘을 것 같다. 이 많은 횟수 중에 단 한 번이라도 빚을 갚게 되어 천만다행이다.

나는 어머니가 나에게 보여주신 진한 눈물을 상기하며 어머니의 지난 인생 흔적을 더듬어 보았다. 깊게 팬 억 겹의 주름살에 고난의 세월이 역사처럼 흘러갔다. 옷고름과 소매는 땀과 눈물로 얼룩져 있었다. 그 얼룩이야말로 가난을 이겨냈던 아름다운 꽃이리라.

격동의 시대를 지나며 어둠 속 모진 풍파를 헤쳐나가야 했던 어머니는 겉으로는 남자 못지않게 강인했지만, 미우나 고우나 한 남자의 아내로서 인연의 고리를 곱게 이어나간 연약한 여자였다. 항상 솜털같이 포근한 잔정이 넘치고 자애로우신 어머니가 봄날 화사하게 피어나는 진달래꽃처럼 따뜻한 미소를 머금은 채 나를 바라보고 있는 것 같았다.

어머니의 인생

세상에 나오면서 붉은 태양을 보고 울었다
총탄 포화가 휩쓸고 간 텅 빈 마당에서 또 울었다
초근목피 벗을 삼아 보릿고개 넘어갈 제
바닥난 좀도리 쌀도 눈물이 범벅
입 닫고 귀 막고 아픔은 가슴에 품고
한이 맺히면 노래를 부르고
흥이 넘치면 춤을 추면서
무심의 세월을 견디어 냈노라.

조연의 서러움도 잠시
주연으로 우뚝 서서
어둠 속 모진 풍파에도 촛불을 지켰다
피 · 땀 · 눈물로 곳간을 채우신 어머니
당신은 용서와 사랑을 베푸신 멋진 아내
당신은 동정과 자비를 뿌리신 아름다운 여인
못 잊어 뒤돌아보며 손수건을 꺼내준 따뜻한 엄마
구름 언덕 넘어 떠오르는 해와 달 같은
당신은 지지 않는 큰 별이어라.

입술에 귀를 기울여 보지만

어젯밤은 아내가 어머니를 모셨다. 밤사이 별 탈 없이 주무셨다고 한다. 다행히 걱정했던 배는 아프시지 않았던 모양이다. 다음날 오전 담당의사가 회진하며 "어머니 뱃속에 전해질이 너무 많아 위험할 수 있으니 관장을 해서 전해질을 빼내야 합니다."라고 하여 아내가 진땀을 흘리며 어머니께 관장해 드렸다. 전해질을 모두 빼내고 목욕을 시켜 드리니 어머니가 편안한 모습이었다.

이날 낮 중국에서 온 처형 부부가 어머니 병문안을 왔다. 어머니는 낯익은 사돈이지만 인사를 드려도 도무지 기억을 못 하신다. 잠시후 처형부부가 떠난다고 인사할 때야 비로소 기억이 났는지 아니면 단순한 인사였는지 고개를 끄덕이신다. 아직은 의식이 남아 있음을 확인할 수 있었다.

마지막 날 밤은 형이 어머니 곁을 지켰다. 다음 날 아침 출근 전에 전화벨이 울렸다. "담당의사 말이 어머니 상태가 아주 위독하니까 마음의 준비를 하라고 한다." 수화기를 타고 흐르는 형의 목소리는 수심이 가득했다. 나는 직장에 출근을 하여 월요일 아침회의에 참석한 뒤 어머니에게 달려갔다. 상황이 심각하게 변해가고 있었다. 오후에는 이모님 내외분이 황급히 올라 오셨다. 또 어머니가 보고 싶어 하던 막내 여동생이 달려왔다. 대전에서 올라온 딸을 알아봤지만 말씀은 못하셨다. 어머니 곁에 있던 여동생이 저녁때가 되자 어린아이들 때문에 내려간다고 하자 어머니는 소리 없이 입술만 움직였다. 입 모양으로 볼 때 "잘 가"라고 한마디 한 것 같다. 상황이 좋지는 안 했지만, 누구도 그날 밤이 마지막 밤이 되리라고 상상하려 하지 않았다. 그래서 평소처럼 모두 각자 집으로 돌아갔다.

간암 말기인 어머니 생명에 대한 기대와 희망은 절망으로 오고 말았다. 암환자의 임종을 지켜보는 게 쉽지 않은 모양이다. 말기 암 환자의 시계는 멈추었다가 다시 가거나 다른 시계보다 천천히 가지도 않는다. 시한부 환자의 운명의 시계는 예정된 시각에 예외 없이 멈추고 만다. 건강한 사람의 인생 시계로 착각하거나 자기 부모님의 운명의 시계만은 멈추지 않을 거라고 자위하며, 또 그렇게 되기를 간절히 바라면서 임종을 놓치는 경우가 많다.

아내가 어머니 곁을 혼자서 지키고 있었다. 나는 업무 중에도 자꾸만 어머니 생각이 나서 몇 번이나 전화기를 들었다 놓았다 반복했다. 불안한 마음에 일이 손에 잡히지 않았지만, 꼭 마무리해야 할 급한 일들을 처리해 놓고 병원으로 향했다. 마음은 벌써 어머니 곁에 가 있었다. 지하철을 타러 가는 중에 아내로부터 어머니의 호흡이 불규칙하니 빨리 오라는 연락을 받았다. 병원까지는 지하철로 한번 갈아타지만 두 정거장 거리에 불과했다. 그런데 그날따라 기다리던 전동차의 배차 간격이 유별나게도 길게만 느껴졌다. 나는 환승 통로에서도 사람들 틈을 비집으며 뛰었고, 지하철에서 내려서도 병원까지 백여 미터를 숨 가쁘게 뛰어 병실에 도착했다.

어머니께서 조금 전에 바로 숨을 거두셨다는 것이다. 나는 "엄마" "엄마"를 연발하며 흐느껴 울었다. 얼굴을 비비기도 하고, 아픈 가슴을 두들겨 보기도 하고, 코끝과 입술 틈새에 귀를 기울여 보기도 했지만, 어떤 미동도 숨소리도 들리지 않았다. 몸에 온기가 가시지 않았지만, 어머니는 영영 눈을 뜨지 않았다. 담당의사는 아직은 어머니의 뇌가 살아 있으니 하고 싶은 말을 일방적으로 하면 들으신다고 했다.

"엄마 작은아들 왔어요."

"나으시면 고향의 아파트로 가시기로 약속해 놓고 그냥 가시면 어떡합니까?"

"하늘나라에 가시거든 자식들이 잘 살고 있는 모습을 내려다보세요."

"엄마의 말씀대로 열심히 잘 살게요."

"저희 걱정은 모두 잊어버리고 부디 영면하세요."

"극락왕생하셔서 병 없고, 고통 없고, 돈 걱정 없는 세상에서 편안하고 즐겁게 사세요."

"나무 관세음보살" 염불을 외면서 합장을 했다.

나는 어머니가 한 주일 정도는 더 사실 거라는 생각으로 설마 했다가 어머니의 마지막 숨소리를 듣지 못하게 되었다. 야속하게도 어머니는 아들을 위해 불과 몇 분을 기다려 주지 않고, 며느리의 배웅을 받으며 하늘 소풍 승차권을 끊어 버린 것이다. 2010년 8월 30일 밤 9시 12분 발 하늘나라 행 야간열차였다.

아내 혼자서 어머니의 임종을 지켜보았다. 아무 말 없이 조용히 떠나셨다고 한다.

어머니가 떠나버린 방에는 멀리서 장송곡이 들리는 듯했지만, 나에게는 어머니의 죽음이 현실로 받아들여지지 않았다. 마치 가장 사랑하는 여인을 기약 없이 떠나 보내는 것처럼 이별의 아픔과 슬픔만이 가득했었다. 사랑하는 어머니는 잘 있으라는 말 한마디 없이 내 곁을 떠나셨다. 아내는 통곡만 하고 있었다. 어머니의 떠나는 모습은 입가에 예쁜 미소를 머금은 채 두 눈을 지그시 감고 사색에 잠긴 듯했다. 그 후 어머니는 항상 내 가슴속의 빛으로만 남아 있다.

죽음까지도 자식 위해

어머니는 왜 좀 더 기다리지 않고 서둘러 가셔야만 했을까? 어머니는 두 달 남짓 서울에 머무르면서 초기에는 생에 대한 애착이 강했고, 한편으로는 죽음을 쉽게 받아들이지 않으셨다. 왜 당신은 평생 고생만 하고 좋은 일도 많이 했는데 먼저 가야 하는지 쉽게 수긍을 하지 않으셨던 것 같다. 아버지보다 8년이나 세상을 덜 살았기에 당연히 그럴 만도 했다. 주위의 모든 사람도 아버지가 먼저 하늘나라로 가시는 게 바람직하고 올바른 순서라고 생각했던 터였다. 나 역시도 내심 그렇게 되기를 바랐다.

어머니는 두 번이나 쓰러진 아버지를 살려내어 정성을 다해 돌보시면서도 한편으로, 아버지 때문에 자식들이 고생한다고 걱정을 많이 하셨다. 아버지의 입원이 장기화하면서 자식들의 부담이 늘어나는 것은 사실이었지만, 정신적 부담은 어머니가 더 크게 느끼셨던 것 같다.

또한, 어머니는 상태가 점점 악화하여 간(肝) 부위가 부어오르며 답답함과 통증을 느꼈을 무렵, 자식 중 누구도 간암이라고 말한 사람은 없었지만, 나름대로 오래 못 산다는 것을 감지하시고, 마음속으로 인생 정리를 하신 것 같다. 그래서 속세를 떠나기 전에 자식들 집을 돌아보고 싶어 했는지도 모른다. 제주도에 사는 딸 집에도 가 보고 싶어했지만, 우리는 그것도 모르고 건강상 이유만 들어 못 가시게 한 것이 안타깝고, 어머니에게 죄송하다.

어머니는 입원 중에 추석이 언제냐고 물어보신 적이 있다. 아마도 추석 명절을 피해 미리 서둘러 여행 일정을 잡았는지 모르겠다. 어머니는 추석을 23일이나 남겨두고 먼저 떠나신 것이다. 이처럼 죽음조차도 자식들에게 부담을 덜어 주기 위해 서둘러 날을 잡아 떠나신 어머니야말로 '자식을 위한 철저한 베풂의 신화적 존재'라고 나는 믿고 있는 것이다

입관을 하면서 마지막으로 다시 한번 어머니 모습을 보았다. 아직도 그 표정이 뇌리에서 지워지지 않는다. 내가 숨 쉬는 동안에는 마지막으로 본 어머니 모습을 가슴속에 담아 둘 것이다.

어머니는 병원에 계시는 동안 지난 세월을 뒤돌아 보며, 한 맺힌 각고의 세월 속에 실타래처럼 얽힌 인연과 굴레를 용서와 사랑으로 훌훌 털어 버리고, 생에 대한 미련도 아쉬움도 없이 가벼운 마음으로 하늘 소풍을 떠나시는 모습이었다. 나는 더는 울지 않았다. 즐겁게 떠나시는 어머니를 눈물로 보내 드리고 싶지 않았다. 떠나실 때 어머니 모습은 어느 때보다 편안하고, 곱고, 예뻐 보였다. 내가 본 어머니의 생전·후 모습 중 가장 편안하고 고운 모습이었다.

어머니께서 운명하시던 날 밤부터 천둥 번개를 동반한 소나기와 태풍이 남부지방을 휩쓸며 북상하고 있었다. 전날 밤 남부지방을 강타한 태풍 소식이 우리 가족은 물론 장례식장을 찾은 많은 조문객에게 큰 걱정을 안겨주었다. 발인하는 날 아침에는 강풍에 병원 앞 가로수가 뽑히고 전봇대가 부러지고, 쓰레기통이 뒹굴거나 부서진 파편 조각들이 어지럽게 날려 다니고 있었다. 내가 타고 가던 장의 버스가 바람에 심하게 흔들리기도 했다. 그런데 놀라운 기적이 일어났다. 서울을 출발하여 1시간쯤 고향이 있는 남쪽으로 내려갈 즈음, 빗줄기가 점점 줄어들다가 장지에 도착하니 햇볕이 쨍쨍 내리쬐었고, 언제 그랬냐는 듯이 고요했다. 모든 게 어머니가 속세에서 베푸신 덕(德) 때문이다.

하늘 소풍

칠흑 같은 어둠 속에
혼불이 춤을 추고
하늘 소풍 떠나려
곱게 곱게 화장하네

고이고이 모셔 놓은
새 모시 비단옷
어여쁘게 차려입고
고운 비단신 신고서
염화 시중 미소 짓네

비바람이 한숨 자고 쉬어가자
하늘도 빛 가슴을 열고
물안개가 바람에 실려가니
하얀 나비 훨훨 날아오네

이런 현상을 보고, 나는 다시 한번 어머니의 초월성을 인정하지 않을 수 없었다. 이처럼 자식 위해 눈앞에 펼쳐지는 어려운 환경과 여건 등을 원만히 조정할 수 있는 초월성을 가진 어머니는 보통 사람이 아닌 신화적 존재임이 틀림없다고 감히 생각해 본다.

하늘 소풍 떠나신 어머니를 그리워하며 태진아 노래(이덕상 작사) 〈사모곡〉을 큰 누나의 애절한 목소리를 담아 어머니에게 전해 드리고 싶다. 큰 누나는 어머니 입관할 때 그 누구보다도 마음 깊이 통곡하며 진한 눈물을 흘렸었다. 누나는 비록 돌아가신 어머니가 낳지는 않았지만, 어린 시절부터 길러주신 어머니에 대해 어머니 배 속에서 태어난 나보다 더 애절한 모성애와 기른 정을 느끼고 있었다.

앞산 노을 질-때까지 호미 자루 벗-을-삼아-
화전-밭 일구시고 흙에 살던 어-머-니
땀에 찌든 삼베-적삼 기워 입고 살으시다-
소쩍새 울음 따라 하늘 가신-어머-니
그 모-습 그리워서 이 한밤을-지-샙니다.

무명치마 졸-라 메고 새벽이슬 맞-으-시며-
한 평-생 모진 가난 참아내신 어-머-니
자나깨나 자식 위해 신령님께 빌고 빌어-
학처럼 선녀처럼 살다 가신-어머-니
이제-는 눈물 말고 그 무엇을-바-치리까

살아 있을 때 잘해야

어머니는 태풍을 몰아내고 하늘의 뭉게구름도 걷어 내셨다. 고향의 '축령산' 옛길 산모퉁이 양지바른 곳, 이곳은 오래전 아버지께서 고르고 골라 미리 준비해 두셨다. 산 좋고 물 맑은 곳, 주변에 커다란 홍송이 군락을 이루고 그 밑에 춘란이 둥지를 트는 곳이다. 고모님 말씀으로는 이곳은 고모 처녀 때 어머니와 함께 와서 나물도 캐고 쑥도 뜯었던 산이라 어머니에게는 낯익은 곳이라고 한다.

하관하고 그 위에 흙을 뿌리는 내 마음은 갈기갈기 찢어지는 듯했다.

"엄마! 뭐가 그리 급해 서둘러 가셨나요."

"저에게 늘 길이 아니면 가지를 말라고 가르쳐 놓고, 정작 어머니는 멀고 험난한 소풍 길을 택하셨나요!"

"엄마가 그렇게 바라던 평평한 큰 길가의 아파트는 아니지만, 아픈 다리 쭉 펴고 편안히 주무실 방 한 칸 마련했습니다."

"근심, 걱정, 고통 모두 잊고 편안히 주무십시오."

어머니께서 영영 돌아오시지 않는다고 생각하니 눈물이 하염없이 흘러내렸다.

어머니가 생전에 자주 하던 말씀이 문득 떠오른다.
"효도가 별것 있다냐! 살아 있을 때 잘 해야제!"
"죽고 나서 후회한들 뭔 소용 있다냐!"

어머니 말씀은 중국 고사에 나오는 풍수지탄(風樹之嘆)을 가르치는 것이었다.
중국 한나라 때 고사 중 한시외전(韓詩外傳)을 보면 '수욕정이풍부지 자욕양이친불대(樹欲靜而風不止 子欲養而親不待)'라는 구절이 나온다. 이 말은 나무는 고요히 있으려 해도 바람이 멈추지 아니하고(樹欲靜而風不止), 자식들은 어버이를 봉양하고자 해도 부모님께서 기다려주시지 않는다(子欲養而親不待)는 의미이다.

이 고사에 따르면 춘추시대 어느 날 공자가 길을 가던 중 슬프게 우는 소리가 들려, 가까이 가보니 韓 나라의 비어(鼻魚)라는 사람이 슬피 울고 있었던 것이다. 공자가 비어에게 상중(喪中)인 것 같은데, 왜 그리 슬프게 울고 있는지를 묻자, 비어가 대답하기를, 나무는 고요히 있으려 해도 바람이 멈추지 아니하고, 자식으로서 봉양을 더하

고 싶은데 어버이는 기다려 주시지 않는다, 그래서 슬픈 마음 금할
길이 없어서 우는 중이라 했다.

공자는 비어(鼻魚)의 말을 듣고 크게 감동하여 제자들에게 비어
(鼻魚)의 효심을 가르쳤다고 한다. 그 결과 공자 문중에 머물고 있었
던 제자 중에서 13명이 부모 계신 곳으로 돌아갔다는 기록이 전해진
다. 그 후 이러한 사연을 일컬어 풍수지탄(風樹之嘆)이라 했다.

부모님께서 세상을 떠나신 뒤에야 부모님을 제대로 봉양
하지 못한 데 대한 후회를 하거나, 그때야 비로소 불효가 무
엇인지를 깨닫게 되는 것이 예나 지금이나 부모를 둔 자식들
의 공통점이 아닌가 싶다. 자식이 아무리 잘해 드린다 해도
감히 부모님의 은혜에 비할 수 있으랴!

울어본들 무슨 소용 있겠는가만은 김영일 작사 진방남 노래 〈불효
자는 웁니다〉를 부르며 늦게나마 부모님께 엎드려 사죄하고자 한다.

불러봐도 울어봐도 못 오실 어머님을
원통해 불러 보고 땅을 치며 통곡해요
다시 못 올 어머니여 불초한 이 자식은

생전에 지은 죄를 엎드려 빕니다.

손발이 터지도록 피땀을 흘리시며
못 믿을 이 자식의 금의환향 바라시고
고생하신 어머니여 드디어 이 세상을
눈물로 가셨나요 그리운 어머니.

바로 석 달 전 어머니께서 무릎 관절염 치료와 갑상샘 검사 차 우리 집에 오셨을 때의 일이다.

내가 어머니 방에 들러 잘 주무시라고 인사드리자 어머니는 잠시 앉아보라고 하시더니 무슨 말씀을 하시고 싶은데 몇 번이나 망설이다 푸념하듯 토해냈다.

"내가 그동안 어떻게 집에 올라다녔는지 알기나 허냐?"

"지팡이 짚고 겨우 기어 다녔다."

나는 어머니의 힘들었던 상황을 잘 알고 있다. 오래전부터 집을 옮기거나 다른 대책을 세워야 한다고 주장했었기 때문이다. 그래서 어머니는 이 문제를 나에게 상의한 것 같다.

"어머니 고생 많았어요. 집 이야기만 나오면 저도 가슴이 아프고 화가 나요."

"아버지도 병원에만 계시니까 평평한 데로 나오셔야 할 것 같네

요."라고 내가 말하자,

"이제는 정말 올라다니지 못허겄다."

"읍내에 있는 조그만 아파트 하나 전세로 얻어주고, 나 죽으면 전세금 빼 가면 안 되겠냐?"

어머니께서는 처음으로 내게 가장 큰 부탁을 하셨다. 아울러 죽음을 전제로 한 마지막 부탁을 하셨던 것이다.

"어머니, 걱정하지 마시고 치료나 잘 받으세요."

"검사 끝나고 내려가시면 내가 어떻게 해서라도 읍내에 아파트를 마련해 드릴게요"

어머니는 마음이 편안해 지신 듯 "인제 어서 가서 자라."하시며 잠자리에 누우셨다.

어머니는 그동안 여러 차례 집을 정리해서 평평한 곳으로 이사해야 한다고 주장했지만, 아버지의 고집을 꺾지 못하고 힘들게 살아왔다. 그러나 이제는 도저히 비탈길을 오르내리기가 어려웠던 모양이었다. 그래서 그동안 차마 말 못하고 아끼고 아끼던 부탁을 했던 것이다. 어머니의 부탁에 흔쾌히 약속은 했지만, 먼저 챙기지 못한 자식으로서 부끄러운 약속이었다. 우리 앞길에는 넓고 평평한 고속도로를 닦아 주느라 부모님은 한평생 고갯길을 넘어 비탈길에서 아픈 다리를 지팡이에 의존하며 살아야만 했었다.

그러나 마지막 이 약속도 공수표가 되고 말았다. 그 후 어머니는 병원 생활만 하시다가 돌아가신 바람에 나는 어머니의 마지막 부탁을 들어줄 수 없게 된 것이다. 마지막 효도의 기회를 놓친 것이다. 한나라 비어가 슬피 울며 자욕양이친불대(子欲養而親不待)라고 말했던 것처럼 어머니도 나를 기다려 주지 않고 떠나신 바람에 지금 이 순간 나도 비어(鼻魚)처럼 슬피 울고 있는 것이다. "죽고 나서 후회한들 뭔 소용 있다냐!"라는 어머니 말씀이 다시 뇌리를 스친다.

후회한들 무슨 소용 있겠는가! 다시는 오지 않을 어머니인데, 이제는 공수표가 되어버린 그날의 약속과 후회도 모두 잊어버리고 차라리 어머니의 영생 안락을 빌어 드릴뿐이다.

어머니가 돌아가시기 십여 일 전쯤 주말이었다. 아내와 함께 병원에 들러 홍삼 절편을 드렸더니 잘 드셨다. 아내가 목욕도 시켜 드리고, 대구 누나 전화도 연결해 드리고, 이런저런 이야기 하던 중 어머니는 갑자기 통증이 심해지는지 고통스러워 하시며 "나 죽으면 화장시켜 주라."라는 말씀을 하셨다. 나중에 알고 보니 일전에 다녀간 광주동생한테도 이와 비슷한 말씀을 하셨다고 한다. 행여나 자식들 고생시키게 될까 봐 그랬는지 아버지에게 서운함이 가시지 않아서 그랬는지는 모르지만, 전혀 생각하지 못했던 나로서는 당혹스러웠다.

"나 죽으면 화장을 해서 황룡강 물에 뿌려 버려라."

"아버지가 들으면 얼마나 서운하겠어요."

나는 어머니의 마음속에 맺힌 매듭을 풀어 드리려고 노력했다.

"묘지도 이미 마련해 놓았고, 아버지가 엄마와 함께 계시길 원하시잖아요."

"아버지도 병상에서 엄마 생각하면서 과거를 뉘우치는 눈물 많이 흘렸어요."

"다 잊어버리고 맺힌 마음 풀어 버리세요."

"아 참, 그리고 화장하는 것도 요즘은 겁나게 대기해야 한데요."

어머니는 하는 수 없다는 듯이 내 말에 동의하면서도 푸념하셨다.

"죽어서까지 니기 아버지 시중들 일 생각하니 갑갑해서 한번 해 본 말이다."

어머니는 길게 한숨을 내쉬었다.

"내가 니기 아버지 따라 살면서 이날 평생 비탈길을 안 넘어다닌 날이 없다."

마치 비탈길을 올라가시는 양 거칠게 숨을 몰아 쉬셨다.

"니 아버지 고집 땜시 비탈길을 못 떠나고, 그 고생을 다허며 산 게

원통하고 한이 된다."

어머니는 전율하듯 온몸을 바르르 떠셨다.

나는 아버지 곁으로 끌려가는 듯한 어머니 마음을 달래 드려야만 했다.

"돌아가시기 전에 그동안 아버지한테 서운했던 것은 모두 용서하시고 가볍게 떠나셔야 해요."

"돌아가시면 아버지 곁에서 외롭지 않게 편안히 주무셔야지, 엄마만 강물에 떠다니면 얼마나 외롭겠어요?"

아버지는 평소 매장을 희망하셨고, 돌아가시면 어머니와 함께 그 자리에 묻어 달라고 하셨다. 그래서 고심 끝에 형제들과 상의해 아버지가 잡아놓은 자리에 어머니를 모신 것이다. 자식들은 아버지와 어머니를 번갈아 떠올리며 효도와 불효의 중요한 갈림길에서 한참 동안 방황하기도 했었다.

어머니를 이 세상에서 떠나보내며 마지막 작별인사를 하고 돌아서는 순간, 만해 한용운 선생의 〈님의 침묵〉 중 '떠날 때의 님의 얼굴'이 떠올랐다.

꽃은 떨어지는 향기가 아름답습니다.

해는 지는 빛이 곱습니다.

노래는 목마친 가락이 묘합니다.

님은 떠날 때의 얼굴이 더욱 어여쁩니다.

떠나신 뒤에 나의 환상의 눈에 비치는

님의 얼굴은 눈물이 없는 눈으로는

바라볼 수가 없을 만치 어여쁠 것입니다.

님의 떠날 때의 어여쁜 얼굴을 나의 눈에 새기겠습니다.

님의 얼굴은 나를 울리기에는 너무도 야속한 듯하지마는

님을 사랑하기 위하여는 나의 마음을 즐겁게 할 수가 없습니다.

만일 그 어여쁜 얼굴이 영원히 나의 눈을 떠난다면

그때의 슬픔은 우는 것보다도 아프겠습니다.

어머니를 낯선 곳에 홀로 남겨둔 뒤 삼일 째 되던 날 어머니 묘소를 찾았다. 다시 찾은 그 길은 어머니가 산책하시는 길이라 왠지 정감이 갔고, 어머니와 함께 걸어가는 기분이 들었다. 태풍이 지나간 뒤에 유난히도 깨끗한 하늘에 태양이 작열하는 축령산 기슭에는 잠시 적막감이 흐르다가, 어디선가 들려오는 매미 울음소리가, 우리를 반기는 어머니의 노랫소리처럼 들려왔다. 속세의 고뇌를 훌훌 털고 자연으로 돌아가 흙과 한몸이 된 어머니를 반기기라도 하듯 지난밤 비바람이 산야의 온갖 잡티를 말끔히 씻어버린 대지에는 영롱한 초록빛의 향연이 펼쳐지는 것처럼 보였다.

대지의 은총

뭉게구름 비바람 어느새 사라지고
하늘에서 내리쬐는 빛의 향연
물씬 피어오르는 초록의 향기
대지의 은총이 산골에 흐르나니
산신령도 잠시 머물다 가는구나
당신의 아름다운 흔적은 영원히 빛나리라
당신의 영혼은 내 가슴에 꽃을 피우리라.

어머니와 독도

어머니가 위독한 시기에 공교롭게도『독도 사랑』감상문 공모 작품 심사와 행사준비에 바빴다. 내가 근무하고 있던 국립어린이청소년 도서관은 전국의 어린이들을 대상으로『독도 사랑』감상문을 공모하여 우수학생들을 선발하여 시상했었다.

그 와중에도 틈틈이 어머니가 입원한 병원에 다녀오기도 했지만, 그렇게 빨리 떠나실 줄 모르고 어머니 곁을 지키지 못해 죄스런 마음이다.

이 행사를 마친 뒤 행사소감을 내 블로그에 올리면서 어머니 생각을 한 적이 있다. 그때 올려놓은 글 일부를 소개하고자 한다.

〈독도 사랑 감상문대회를 마치고〉

(중략)

'동해의 보물섬 독도야 놀자!'를 주제로 실시한 이번『독도 사랑』 감상문대회는 자라나는 어린이들이 우리 땅 독도에 대해 올바로 배우고 나라 사랑하는 마음을 갖도록 하기에 충분했다. 비록 여름 방학 중에 공모했음에도 불구하고 전국 16개 시도에서 많은 학생이 참여했고, 작품의 질 또한 우열을 가리기 어려울 정도로 우수했다. 이번 공모에서 느낄 수 있었던 점은 전국 선생님들의 지도와 독려가 두드러졌고 학부모들의 열의도 대단했음을 느낄 수 있었다. 독도가 온 국민의 사랑을 듬뿍 받고 있음을 확인할 수 있었다.

고사리 같은 손과 어린 마음에서 우러나온 나라 사랑과 독도수호 의지를 확인하는 순간, 이 대회를 기획하고 작품을 심사하고 행사를 진행했던 필자는 벅찬 감동을 하게 되었다. 감동도 잠시, 순간 스쳐가는 어머니 모습에 눈물이 핑 돌기도 했다. 독도와 필자의 어머니와 무슨 상관관계가 있다는 것인가?

어머니 살아생전에 우리 땅 독도를 구경시켜 드리지 못한 자식으로서 미안함도 있다. 그보다 내 마음을 찡하게 한 것이 있다. 어머니를 하늘나라로 보내고 삼우제를 지내자마자 시상식 행사를 위해 급히 서울로 올라왔다. 지난 8월 30일 독도 사랑 감상문대회 수상자를 발표하던 날 저녁 어머니께서는 영영 눈을 뜨시지 않았다. 발표 이틀 전 감상문을 심사하다가 어머니 간호를 위해 병원에서 머문 적이 있다. 그날 밤 부득이 어머니 곁에서 어머니의 거친 숨소리를 들어가면서 병원 보조침대에 앉아 작품을 선별했던 기억이 새삼 떠오른다. 또한, 발표하던 날 오후 어머니의 상태가 위급했음에도 불구하고 최종 수상자 발표 때문에 늦어 어머니의 임종을 지키지 못하게 되어 죄스러운 마음을 떨칠 수 없다.

아직도 내 마음속에 생생히 자리하고 계신 어머니께 전해 드리고 싶은 말이 있다.

"어머니! 저는 독도를 너무 사랑한 나머지 어린이들의 한결같은 나라 사랑하는 마음에 도취하여 잠시 어머니도 잊었던 것 같습니다. 먼 길 떠나시는 어머니를 미처 잡아드리지 못해 죄송합니다. 이제 어머니는 하늘나라 높은 곳에서 푸른 동해와 그 위에 떠있는 아름다운 우리 섬 독도를 바라보실 수 있습니다. 사랑하는 자식만큼이나 독도도 사랑해 주시고 떠나시기 전 저의 손을 끌어다 꼭 붙잡아 주셨던 것처럼 우리 땅 독도를 꼭 붙잡아 주세요."

어머니는 비록 독도에는 가보지 못하셨지만, 홀로 아리랑을 구성지게 잘 부르셨다. 우리나라 동쪽 끝, 우리의 아침을 여는 동해의 보물섬 독도는 비가 오나 눈이 오나 쓰나미가 일어나도 꿋꿋하게 한반도를 지키고 있는 것 같다. 외로운 섬 독도를 그리며 한돌 작사, 서유석 노래 〈홀로 아리랑〉을 어머니를 생각하며, 독도를 사랑하는 마음을 담아 힘차게 3절까지 불러 보련다.

　　저 멀리 동해바다 외로운 섬

　　오늘도 거센 바람 불어오겠지

　　조그만 얼굴로 바람맞으니

　　독도야 간밤에 잘 잤느냐

　　아리랑 아리랑 홀로 아리랑

　　아리랑 고개를 넘어 가보자

　　가다가 힘들면 쉬어 가더라도

　　손잡고 가보자 같이 가보자

　　금강산 맑은 물은 동해로 흐르고

　　설악산 맑은 물도 동해 가는데

　　우리네 마음들은 어디로 가는가

　　언제쯤 우리는 하나가 될까

　　아리랑 아리랑 홀로 아리랑

　　아리랑 고개를 넘어 가보자

　　가다가 힘들면 쉬어 가더라도

　　손잡고 가보자 같이 가보자

백두산 두만강에서 배 타고 떠나라

한라산 제주에서 배 타고 간다

가다가 홀로 섬에 닻을 내리고

떠오르는 아침 해를 맞이해보자

아리랑 아리랑 홀로 아리랑

아리랑 고개를 넘어 가보자

가다가 힘들면 쉬어 가더라도

손잡고 가보자 같이 가보자

〈독도 선착장에서 바라본 촛대바위(중)와 탕건봉(좌)〉

슬픔을 감추고 눈물을 삼켰다

어머니를 보내드리고 나서 우리 가족들은 발인한 날부터 삼우제를 마치고 나서까지 따로따로 나누어 아버지가 계신 병원을 찾아 병문 안했다. 어머니가 돌아가신 것을 아버지에게는 절대 비밀로 하고, 어머니는 무릎이 아파서 병원에 입원해 계신다고 거짓말 하기로 약속했다. 아니나 다를까 아버지는 찾아온 가족들에게 일일이 어머니 안부를 물으셨던 것이다.

아버지는 오늘따라 서울, 대구, 대전, 제주도에서까지 자식, 사위들이 모여들고 생각지도 못했던 친인척들이 최근 2-3일간 들이닥치자 이상한 생각이 들으셨던 모양이다. 우리 부부는 대구누나 내외분과 함께 맨 마지막에 병실을 찾았다. 아버지가 무슨 일로 내려왔느냐고 물으셨다.

"친척집 결혼식이 있어 형제들이 다 왔어요."

"추석도 가까이 오고 해서 온 김에 벌초도 할 겸해서 왔어요."라고 둘러댔다.

그러자 아버지는 산소 이야기에 눈이 번뜩 뜨이시며 관심을 보이셨다.

"할아버지 할머니만 하고 봉성실은 맡겼냐?"

"글고 서삼은 풀 좀 뜯어 놓았냐?"

'서삼'이야기가 나와서 가슴이 뜨끔했지만, 얼른 거짓말을 했다.

"칡넝쿨이 많아서 다 파내느라고 힘들었어요."

아버지는 다른 형제들에게도 물었던 어머니 안부를 뭔가 미심쩍었던지 또 확인하셨다.

"니그 어매는 괜찮다냐?"

나는 미리 약속한 대로 어머니는 다리가 아파서 못 오셨다고 했다. 그러자 아버지 눈가에 두 줄기 눈물이 흘러내렸다. 내가 아버지 눈에서 흐르는 슬픈 눈물을 본 것은 태어나서 처음인 것 같았다. 아버지는 눈물을 흘리면서 통곡을 하셨다.

"아이고 아이고 아이고"

아버지는 어머니가 다시는 올 수 없는 곳으로 가신 줄도 모르고 어머니를 그리워하며, 길 잃은 나그네처럼 희미한 등대 불을 찾아 헤매었건만, 막상 시들어 버린 불 빛을 보고 서러워 눈물을 흘리신 것 같았다.

아버지는 통곡에 이어 갑자기 슬픔에 겨워 북망가를 탄식조로 부르셨다.

"북망산천이 멀다더니 물 건너 앞산이 북망 이로다"

"나는 가네 나는 가네 북망산천으로 나는 가네"

"가세 가세 어서 가세 일 석 지지 어서 가세"

"이제 가면 언제 오나 이내 몸은 어이할꼬"

아버지는 젊은 시절 동네 어르신들 장례 치를 때 상여를 매기도 하였고, 요령잡이도 하신 적이 있어 북망가를 잘 부르셨다.

다녀간 가족들의 분위기에서 무언가를 직감하셨을까?

아버지는 어머니가 북망산천으로 갔다고 짐작만 하고 북망가를 불렀을까?

순간 나도 모르게 나의 눈가에도 눈물이 고였다. 나는 가까스로 감정을 억누르고 코로 숨을 들이쉬며 눈물을 꿀꺽 삼켰다. 아버지가 내 눈가의 눈물을 볼까 봐 고개를 돌리자 고였던 눈물이 구두 끝에 떨어져 산산조각으로 부서졌다.

꿈인가? 생시인가?

아버지의 북망가가 끝나고 잠시 침묵이 지나갔다.

"니기 어매 서울 간 뒤 니기 할아버지가 하얀 소복을 입고 저녁마다 찾아와서 나를 지켜보신다.”

“사흘 전에는 할아버지가 니기 어매랑 같이 와서 다리 건너 ‘서삼’
으로 가셨다.”

“그 후에는 할아버지가 안 오셔야?”라고 하셨다.

기가 막힐 노릇이었다. 꿈이 아닌 현실이 아버지 꿈속에 나타난
것이었다.

바로 사흘 전에 어머니 장례를 치르고, 어머니를 황룡강 다리 건
너 ‘서삼’에 있는 산에 모셨었다. 아버지는 행여나 어머니에게 무슨
일이 있을지도 모른다는 걱정이 쌓이고 쌓여 꿈으로 나타났을 것이
다. 아버지는 그 꿈을 현실로 받아들이고 어머니 혼을 달래주려고 북
망가를 읊었음이 틀림없다.

어머니의 죽음을 암시하면서 북망가를 부르고, 통곡하신 아버지
는 심증은 가지만 어머니에 대한 희망을 버리지 않으려고 애쓰시는
듯했다. 만약 아버지가 좀 더 직설적으로 물으셨다면 나는 결국 포기
하고 “예, 엄마가 돌아가셨어요.”하고 아버지와 함께 엉엉 울었을 것
이다.

“니기 어매 유방암이 간(肝)으로 전이되었다면서야!”

“누가 그런 얘기 했어요?”

“니기 어매 지난번에 왔을 때 간 있는디를 만지던디.”

"배가 아프다고 여기저기 만집디다."

"척허면 삼척이제, 갑상샘 어쩌고 할 때 알아봤어야."

"간으로 전이되면 두 달 밖에 못산다고 허던디."하고 몰아붙이시면,

"요즘 의술이 좋아서 그렇지 않아요."

나는 태연하게 딴청을 피우며 아버지의 말을 막으려 노력해 보지만,

"니기 어매 서울 간지도 두어 달 된 것 같은디?"

아버지는 손을 어렵살이 들어 올려 엄지와 검지를 펴보이며 나를 압박하실 것이다.

"벌써 두 달이나 되었네요."

"그래서 어매가 꿈에 보였는게비야."

"아버지가 엄마 생각만 하고 계시니까 엄마가 꿈에 보이는 거예요."

"나는 두 눈으로 똑똑히 보았어야, 니 어매를"

"어떻게 하고 계셨어요?"

"곱게 단장허고 하얀 소복 입고 사뿐사뿐 가는 것이 영락없이 니 어매 같더라."

나는 아무리 참으려 해도 울음보가 터져버렸을 것이다.

"내 꿈은 못 속인당게!"

아버지는 확신을 갖고 함께 눈물을 흘리실 것이다.

"아버지 용서하세요, 엄마를 바로 사흘 전에 서삼에 모시고 왔어요." 하면서 아버지를 붙잡고 한없이 통곡을 했을 것이다.

"슬프지만 울지 마라."

"인생이란 공수래(空手來) 공수거(空手去)라고 안 허디."

"그래, 어매는 '서삼' 산기슭의 내가 봐둔 자리에 잘 모셔드렸냐?"

"땅속도 영판 좋을 것이다."

"예 걱정하지 마세요, 아버지가 표시해둔 자리 우측에 엄마를 모셨어요."

"땅속도 좋고 주변에 물 잘 빠지도록 고랑도 만들어 놓았어요."

"거기서 보니까 앞이 툭 터져서 '이재산성'이 보이고 햇볕도 잘 들고 좋아요."

속이 후련하게 아버지에게 모든것을 털어 놓고만 싶었는데….

비록 어머니는 먼저 세상을 떠나셨지만, 아버지라도 좀 더 오래 사셨으면 하는 바람에서 어머니의 죽음까지 아버지에게 속여야 했던 것이 가슴 아픈 일이었다. 하지만, 오히려 감으로 알아차린 아버지가 속은 듯 다시는 말씀하지 않으신 것이 고마울 뿐이었다.

아버지의 꿈을 재해석해 보면 할아버지가 아버지를 먼저 데리고 가려고 밤마다 아버지를 찾아왔던 것 같다. 그런데 할아버지는 왜 어머니를 모시고 갔을까? 할아버지가 원망스럽다. 조금 일찍 아버지를 모시고 갔더라면 어머니가 더 오래 사셨을지도 모른다는 부질없는 생각을 해 본다.

내가 알고 있는 어머니는 살아오신 동안 매사에 현명하였다. 마지막 순간까지도 어머니의 깊은 속마음을 읽을 수 있었다. 어머니는 나름대로, 간암 말기이기 때문에 시한부 인생이라는 사실을 받아 들였던 것이다. 비록 우리가 말씀은 드리지 않았지만 말이다. 그래서 어머니가 아버지를 구하고 할아버지를 모시고 먼저 '서삼'으로 가신 모양이다.

아버지는 꿈속에서나마 아버지 곁을 떠나가는 어머니를 보며 붙잡지도 못한 채 다시 돌아오기만을 애원하며 〈가시리〉를 읊으며 눈물로 보내드렸을 것이다. 아버지와 어머니의 이별의 정한(情恨)이 고려속요 〈가시리〉에 잘 나타나 있어 나름대로 해석해 본다.

가시리 가시리잇고 , 나는 (여보 가시렵니까 정말로 가시렵니까)
버리고 가시리잇고. 나는 (나를 버리고 가시렵니까)
위 증즐가 大平盛代 (대평성대.)
날러는 엇디 살라하고, (나 혼자서 어떻게 살아가라고)
버리고 가시리잇고. 나는(나를 버리고 가시렵니까)

위 증즐가 大平盛代 (대평성대.)

잡사와 두어리마나는(마음 같아선 당신을 꼭 붙잡아 둘 일이지마는)

선하면 아니 올세라(너무 매달려 서운하게 하면 혹시나 당신이 다시
는 내 곁에 아니 올까 봐)

위 증즐가 大平盛代 (대평성대.)

셜온 님 보내옵노니 나는(떠나 보내기 서러운 당신을 할 수 없이 보
내드리오니)

가시는 듯 도셔 오쇼셔. 나는 (가자마자 곧 떠날 때처럼 총총히 돌아
오십시오)

위 증즐가 大平盛代 (대평성대.)

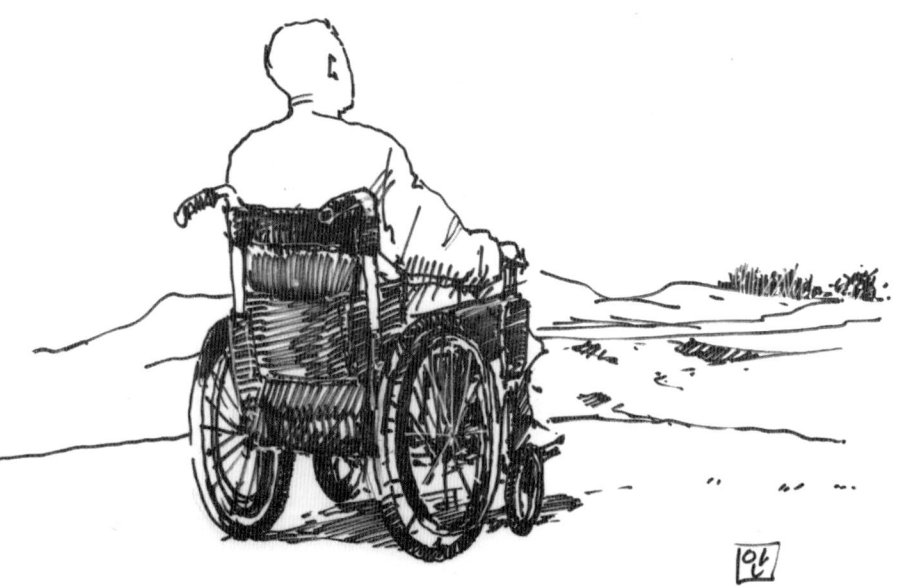

회한의 눈물

어머니가 세상을 떠나신 뒤에 아버지의 병세가 점점 심해져만 갔다. 어느 날 고향의 누나에게서 연락이 왔다. 아버지가 폐렴 증상으로 치료 중이라는 것이다. 그리고 뇌출혈 부위에 물도 고이고, 상태가 심해져 의식도 왔다 갔다 한다면서 아버지를 빨리 서울로 모셨으면 했다. 그동안 아버지는 고향에서 숨을 거두고, 뼈를 묻을 생각으로 서울로 가시는 것을 싫어하셨다. 형수님이 내려가 아버지에게 "어머니도 만나게 해 드리려고 서울로 모시고 갑니다."라고 말씀드리자, 아버지는 두 눈을 번쩍 뜨시며 좋아서 빙그레 웃으셨다고 한다. 어머니를 만나시게 된다는 기대감에서 지금까지 떠나기 싫어하시던 고향을 떠나 서울행을 흔쾌히 허락하신 것이다.

서울의 노인 전문 요양병원으로 옮긴 뒤, 아버지는 초기에는 어머니를 만날 수 있다는 희망 때문인지 점차 병세가 호전되면서 우리 가족들도 알아보고 식사도 잘하시게 되었다. 며칠 동안 서울에 사는 가족 친지들이 병문안 하면서 어머니에 대한 그리움을 잠시 잊은 듯했다.

그런데 아버지께서 돌아가신 어머니를 다시 찾기 시작한 것이다. 어머니를 만나게 해준다는 거짓말에 속아 고향을 떠나왔기에 어머니를 하루빨리 만났으면 하는 조바심이 생기게 되었다. 가족들이 찾아갈 때마다 어머니 안부를 집요하게 물으신 것이다. 그때마다 우리는 거짓말을 하면서 속으로 눈물을 흘렸다.

우리 형제들은 가슴 아프게 고민을 해야만 했다. 나와 형은 어머니 돌아가신 사실을 좀 더 숨기기를 원했다. 그런데 형제 중 여동생들이나 며느리들은 아버지가 의식이 있을 때 이 사실을 알려야 한다는 주장이었다. 하지만, 나는 한사코 반대했었다.

아버지가 서울로 오신 후 한 달 가까이 되었을 때 멀리 제주도에서 여동생이 찾아왔다. 아들이나 며느리에게 물었던 것처럼, 아버지는 여동생에게도 어머니 안부를 물으셨다. 동생은 고민하다가 용기를 내어 엄마는 오실 수 없는 곳으로 가셨으니까 앞으로는 찾지 마시라고 했다는 것이다. 그 이후로 아버지는 식사도 안 하시고 생의 의욕을 포기한 듯했다. 마지막 희망마저 사라져 버린 아버지는 말없이 눈물만 흘리셨다.

당연한 말 같지만, 왜 아버지가 어머니만을 기다리고 있었을까? 어머니에게 못다 한 말이 있었음이 틀림없다. 아마도 어머니에게 무언가를 사과하고 싶었던 것 같다. 그래서 진한 눈물을 보였던 것이다.

　나는 아버지의 눈빛과 진한 눈물 속에서 아버지의 깊은 속마음을 읽을 수 있었다. 아버지 마음속에는 어머니에게 하고 싶은 진솔한 말들이 석류알처럼 빛나고 있었다.

　"여보! 이 못난 나를 따라 살면서 평생 고생만 하게 해서 미안하구려."

　"평생을 비탈진 고갯길에 붙잡아 놓아서 정말 미안해."

　"자식들 낳아서 기르느라 눈물 꽤나 흘렸지!"

　"당신이 아니었다면 우리 집안을 이렇게 일구지도 못했을 거야."

　"당신이 있었기에 아들딸 모두 시집 장가가서 반듯하게 잘살고 있지 않은가!"

　"여보! 살림 잘하고 일 잘하는 당신에게 심한 소리 하는 내가 미웠지"

　"당신이 노인당에 가는 것마저 못마땅하게 굴었던 것 미안해."

　"두 번이나 내가 쓰러졌을 때 나를 살려내느라 고생이 많았어."

　"내가 일찍 세상을 떴어야 당신이 더 오래 살 수 있었는데…."

　"내가 당신을 먼저 떠나 보내서 미안해 부디 용서해다오."

　"마음 같아선 당장에라도 당신 곁으로 달려가고 싶지만, 운명(殞命)은 재천(在天)이라고 안 하던가!"

　"여보! 조금만 기다려, 곧 당신 곁으로 갈게."

아버지는 당신을 돌보다 쓰러지신 어머니에 대한 고마움과 죄책감 때문에 어머니에게 하고 싶은 말을 두 줄기 눈물로 대신했다. 아버지의 마음은 이미 어머니 곁으로 가 있었다. 어머니와 눈물로 헤어졌던 아버지의 마음은 찬바람이 부는 늦은 가을쯤, 낙엽처럼 바람에 날려 여기저기 배회하면서 어머니를 찾아 나섰지만, 외로움만 더해 갔던 것이다. 병실에는 많은 사람이 다녀가는데 그 많은 얼굴 속에 어머니의 모습은 보이지 않았다. 그래서 아버지는 오시지 않는 어머니를 더는 기다리지 않고 어머니 곁으로 말없이 뚜벅뚜벅 다가가고 있음이 틀림없었다.

밤마다 어머니를 그리워하며 눈물로 달래는 아버지를 생각하며 평소 아버지께서 즐겨 부르신 노래 〈애수의 소야곡〉을 아버지 목소리로 들어본다.

운다고 옛사랑이 오리요 만은
눈물로 달래보는 구슬픈 이 밤
고요히 창을 열고 별빛을 보면
그 누가 불러주나 휘파람 소리

차라리 잊으리라 맹세하건만
못 생긴 미련인가 생각하는 밤
가슴에 손을 얹고 눈을 감으면
애타는 숨결마저 싸늘하구나

- 이부풍 작사, 남인수 노래 -

어머니가 이미 세상을 떠나버린 사실을 알게 된 아버지의 마음은
절망 그 자체였다. 삶에 대한 의욕을 포기한 채 실낱 같은 기력만으
로 겨우 거친 숨만 쉬는 듯했다. 그 후 한 달 동안 아버지는 어머니 생
각에 잠 못 이루고 시름에 겨워 몸이 눈에 띄게 여위어만 갔다. 가엾
은 아버지는 비록 몸은 한 걸음도 옮길 수 없었지만, 마음은 벌써 어
머니 곁에 있었다.

떠나는 어머니를 붙잡지 못한 아쉬움과 저세상으로 먼저 떠나지
못한 미안함이 아버지 마음 깊은 곳으로부터 우러나와 내 마음 깊숙
이 파고든다. 이미 말문을 닫아버린 채 그날만 기다리는 아버지이기
에 나에게 전달된 아버지의 마음을 김소월 시 〈실버들〉로 대신하고
자 한다.

실버들을 천 만사 늘여 놓고도
가는 봄을 잡지도 못한단 말인가
이내 몸이 아무리 아쉽다기로
돌아서는 님이야 어이 잡으랴
한갓되이 실버들 바람에 늙고
이내 몸은 시름에 혼자 여위네
가을바람에 풀벌레 슬피 울 때엔
외로운 맘에 그대도 잠 못 이루리

알면서도 속아주신 아량

어머니가 영영 올 수 없다는 사실을 알고부터는 아버지는 어머니 안부도 묻지 않고 아예 말문을 닫아 버렸다. 내가 찾아가도 눈만 떴다가 누구인지 확인하고는 다시 눈을 감으신다. 아버지는 이미 마음을 정리하고 어머니 부름을 기다리는 듯했다.

그때까지만 해도 나는 아버지에게 어머니가 곧 오시니 걱정하지 마시라고 했다. 아버지에 대한 희망을 버리지 않았기 때문이다. 어머니가 세상을 떠났다는 사실을 이미 알아버린 아버지는 내 말에 아무런 대꾸를 하지 않으셨다. 그때 상황으로는 나는 분명히 아버지를 속인 불효한 아들이었다. 하지만, 아버지는 어머니의 죽음을 알면서도 자식에게 속아주고, 자식의 마음을 이해해 주는 아량을 베푸신 것이다.

그 다음 날 내가 딸과 함께 병문안 갔을 때 아버지는 산소마스크를 낀 상태에서 오랜만에 보는 손녀에게는 왔느냐고 반갑게 입을 움직였기 때문이다. 손녀가 대학을 졸업하고 전공 찾아 좋은 직장에 취직도 했다 하니 대견스러웠을 것이고, 무언가 축하 말을 하고 싶으셨을 것이다.

"아따 우리 이쁜이 왔냐?"

"워매 언제 고렇게 커 불었다냐!"

"졸업은 했지야?"

"취직해서 돈 벌어야 시집도 갈 텐디."

그러면 딸아이는 이렇게 대답했을 것이다.

"할아버지 걱정하지 마세요."

"제가 원하는 회사에 취직했어요."

"할아버지 아무런 걱정하지 말고 빨리 일어나세요."

"제가 맛있는 것 많이 사드릴게요."

"아따 요것이 얼굴만 이쁜지 알았더니 맘도 이쁘게 쓰네."

아버지는 예전처럼 손녀딸 머리를 쓰다듬어 주셨을 것이다.

그 후 일주일쯤 지날 무렵 아버지는 죽마저 입으로 삼키지 못하게 되어 급기야 호스로 미음을 공급하기에 이르렀다. 그러는 동안 아버지는 폐렴 증상과 함께 점점 호흡도 거칠어져 가끔 가래를 호스로 빼내곤 했다. 어느 날 같은 병실의 한 환자가 호흡이 중단되자 의사와 간호사가 인공호흡과 심장 전기 충격 요법으로 살려내는 모습을 보았다. 나는 그 순간 아버지에 대한 걱정과 두려움이 생기기도 했지만, 현대의학의 신비로움에 기대를 걸며 아버지에 대한 희망의 끈을 놓지 않았다. 그래서 담당의사와 아버지 병세에 대해 상담을 하게 되었다.

담당의사는 아버지의 상태를 자세히 설명해 주면서도 운명의 시기에 대해서는 애매한 답변으로 즉답을 피해 갔다. 아무리 병을 치료하고 생명을 구하는 의사이지만, 신이 아닌 이상 생명의 끈을 볼 수는 없을 것이다.

"금방 보신 것처럼 어르신과 함께 있는 환자는 어르신보다 더욱 심각한 상태이지만 오래 사시고 계십니다."

"어르신도 6개월도 갈 수 있고 1년도 갈 수 있습니다."

"다만, 폐렴 등 합병증이 나타나면 금방 돌아가실 수도 있고요."라고 말했다.

어느덧 한 해를 마감하는 12월도 하순으로 접어들었다. 출퇴근 길목에 마주치는 가로수의 나뭇가지에는 서리 맞은 나뭇잎 몇 개가 찬바람에 미동으로 떨고 있었다. 금세 또 한 잎이 떨어져 버린다. 마지막 이파리만이 자연의 섭리에 따라 필연적 운명의 순간을 기다리고 있는 듯했다. 나는 바람에 안간힘을 쓰며 매달려 있는 마지막 나뭇잎을 생각하며 신석정 시인의 시 〈임께서 부르시면〉을 음미하면서 어머니를 향한 아버지의 마음을 시에 실어 보냈다.

가을날 노랗게 물들인 은행잎이
바람에 흔들려 휘날리듯이
그렇게 가오리다
임께서 부르시면…….
호수(湖水)에 안개 끼어 자욱한 밤에
말없이 재 넘는 초승달처럼
그렇게 가오리다
임께서 부르시면…….
포근히 풀린 봄 하늘 아래
굽이굽이 하늘가에 흐르는 물처럼
그렇게 가오리다
임께서 부르시면…….
파란 하늘에 백로(白鷺) 노래하고
이른 봄 잔디밭에 스며드는 햇볕처럼
그렇게 가오리다
임께서 부르시면…….

다시 올 날 기약하며

올 성탄절은 화이트 크리스마스가 될 거라고 했다. 유난히 추운 날씨가 연일 계속되고 기록적인 한파를 예고하고 있었다. 기온도 영하 16도를 오르내렸을 정도로 매서운 날씨였다. 마지막 남은 잎사귀마저 찬바람에 견디지 못하고 떨어져 버렸다.

아버지도 그 이파리와 운명을 같이 하신 것 같다. 시계는 크리스마스 이브 새벽 2시25분을 가리키고 있었다. 나는 형으로부터 연락을 받자마자 차를 몰고 아내와 함께 병원으로 향했다. 워낙 마음이 급해서 나도 모르게 속도위반까지 해가며 병원에 도착하니 아버지는 이미 10분 전에 운명하셨다. 이미 오래전부터 마음의 각오를 하여서인지 슬펐지만, 눈물은 흘리지 않았다.

마지막 잎사귀가 바람에 날리듯 아버지는 양어깨의 무거운 짐을 훌훌 털어 버리고 마음껏 날아 저 멀리 하늘나라로 날아가신 것이다. 아버지는 그곳에서 기다리는 어머니를 만나 못다 한 사랑을 나누면서,

행복하고 평화로운 영생의 삶을 누리시게 된 것이다.

아버지가 어머니 곁에 가자 또다시 모세의 기적 같은 하늘의 축복이 있었다.

이날도 무척 추운 날이었다. 서해 남부 지방에 대설 주의보가 내리고 장례식장을 찾은 많은 사람에게 다시 한번 염려를 끼쳐 주었다. 하지만, 장지에 가보니 눈이 조금 내리다 만 것이다, 서해안 지방에는 많은 눈이 내렸지만 유독 그곳만 피해 갔던 것이다. 지난 여름 어머니를 모실 때에도 태풍이 피해 갔는데 이번에는 눈보라와 추위를 피할 수 있었다.

그날따라 유난히도 햇살이 따스하게 내리쬐어 아버지를 모실 곳은 땅이 얼지도 않았고, 아늑한 산 골짜기에 따스한 김이 모락모락 피어오르며 아버지를 감싸 안는 듯했다. 먼저 도착해서 기다리고 계시던 어머니가 아버지 모실 자리를 따뜻하게 데워 놓고, 마중 나와서 아버지와 포옹하는 것처럼 느껴졌다. 살아계실 때나 돌아가신 뒤에나 어머니 마음은 늘 따뜻한 것 같다.

어머니가 하늘 소풍을 떠난 지 불과 4개월 만에 아버지가 어머니를 따라가신 것을 보고 많은 사람이 위로의 말을 건네곤 했다. 두 분의 금실이 아주 좋아서 사랑하는 마음과 그리움 때문에 바로 따라가신 것이라고 말이다.

어머니는 그 여름 어인 광풍을 물리치고 한 떨기 슬픈 민들레처럼 낙엽 지듯 가버렸다가, 한겨울 눈보라 속에서 아버지 오실 날만 기다리셨던 것이다. 아버지도 오매불망 어머니를 기다리고 기다리다가 일편단심 민들레 홀씨 되어, 눈보라 치는 어느 날 강을 건너고 산을 넘어 어머니 계신 곳으로 찾아갔던 것이다.

많은 사람이 위로해준 말처럼 금슬(琴瑟) 좋은 아버지와 어머니는 하늘나라에서 거문고와 비파를 퉁기며 즐거운 여행을 하고 계신다.

다시 올 날 기약하며

산천초목도 울부짖으며 붙잡으려 몸부림쳐도 말없이 떠나간다
비바람 몰아쳐도 거친 광야를 달린다
태풍이 불어 닥쳐도 인연의 언덕을 향해 끝없이 달린다
고뇌로 응어리진 속세의 매듭을 풀어버리고 미련 없이 날아간다
환생의 날개를 달고 임과 함께 다시 올 날 기약하며….

하늘을 우러러 한 점 부끄러움 없이 부담 없이 떠나간다
눈보라 휘몰아쳐도 거친 광야를 달린다
북풍한설 강추위에 산 넘고 강 건너 임 계신 곳으로 달린다
비파를 메고 거문고 퉁기는 임에게로 힘차게 날아간다
하얀 천마 타고 임과 함께 다시 올 날 기약하며….

아름다운 동행

아버지 어머니의 인생을 회고해 보면 두 분은 서로 천생연분인 것이 틀림없다. 어머니 떠나신지 넉 달 만에 따라가신 아버지를 보고 많은 사람이 이구동성으로 '아버지와 어머니가 금실이 좋은가 보다.'라고 건네준 위로의 말처럼, 아버지와 어머니는 뗄 라야 뗄 수 없는 인연이 있음이 분명하다.

금실이 좋아서, 아버지는 당신이 먼저 떠나면 어머니가 힘들어하실까 봐 어머니를 먼저 보내드리고 곧바로 뒤따라 가셨는지도 모른다. 아버지와 어머니는 금실만 좋은 게 아니라 평생 삶의 행동반경을 제한했던 굴레 때문에 서로 미워하기도 하고, 때로는 의견 충돌로 다투기도 하면서 인생의 지루함을 달래고, 다채로운 삶을 살아오신 것 같다.

내가 시골에 갔을 때의 일이다.

아버지는 다리가 불편해서 바깥 외출을 못하고, 집 안에서만 조금

아름다운 동행

전생에 옷깃을 스쳤나?
갔던 길 되돌아오면서
우연 아닌 인연

인연의 언덕에 함께 올라가
떠오르는 태양을 바라보며
희망을 쏘았다.

고갯마루 비탈길에서
서로서로 땀을 닦아주며
힘들었던 고갯길을 뒤돌아 본다

사랑의 굴레를 나누어 입고
꽃망울을 터트리며
먼 길을 떠난다

환생의 날개를 달고
천마 탄 왕자를 만나
한없이 훨훨 나른다.

씩 움직일 무렵이다. 그 당시 어머니는 아버지를 돌보며 하루 세끼 식사 챙겨 드리고, 빨래나 집 안 청소하기 바쁘셨던 것 같다. 어머니도 다리가 불편한 처지에 아버지까지 돌보시느라 힘드셨던 때였다. 아버지는 늘 집에서만 계시다 보니 답답하셨던지 어머니에게 짜증을 잘 내고 반찬투정도 하시곤 했다. 특히 아버지는 어머니가 노인당에 가서, 온 종일 노시다 오는 것을 못마땅하게 여기시고, 자식들에게 불만을 늘어놓으신 적이 있다. 아버지 말씀을 잠자코 듣고 계시던 어머니가 참지 못하고 아버지에게 쏘아붙이셨다. 그러다가 서로 말다툼으로 이어졌다.

"니기 어매는 밥만 먹고 나면 노인당에서 파고 산다."

"자기는 배부르게 먹고 다니면서 나는 점심도 못 얻어먹어야!"

아버지는 자식들이 있으면 힘을 얻은 듯 기세등등하여 말씀하신다.

"고걸 말이라고 허시요? 시방!"

"날마다 밥해서 전기밥솥에다 넣어 놓고 국 끓여 놓고 가면 되았제!"

"혼자 먹으면 뭔 밥맛이 있당가?"

"반찬 다 차려 놓았겄다, 밥만 내서 국에다 말아 먹으면 밥맛만 좋겠소, 나라고 별것 먹는지 아요?"

어머니는 속사포처럼 퍼부어 대다가 톤을 낮추셨다.

"맨날 라면이나 죽이고 사요."

"집에다 밥 놔두고 먼놈의 라면만 먹어!"

아버지가 다시 언성을 높이자,

"요놈의 언덕배기 올라다닐 수가 있어야제."

"내가 요놈의 깔크막(비탈길) 땜시 한이 맺히오."

갑자기 분위기가 험악해졌다. 우리 형제들은 어찌할 바를 모르고 두 분의 표정만 번갈아 바라보며 사태가 진정되기를 기다렸다. 우리는 빨리 화제를 돌려 조금 전 상황을 종료시켰으나 두 분은 여전히 속이 부글부글 끓고 있는 것 같았다. 우리는 어머니의 처지도 이해했고, 아버지의 말씀에도 이해가 갔다. 모든 것이 무관심한 자식들 탓이었다.

잠시 후, 두 분은 언제 그랬냐는 듯이 자식들에게 줄 곡물, 채소, 엿기름, 참기름, 민들레 말린 줄기 등을 챙기며 한 분은 챙겨오고 한 분은 비닐 봉투에 나누어 담고 계셨다. 그래서 부부싸움은 칼로 물베기라고 한 것 같다. 아버지 어머니는 모처럼 사랑싸움(?)을 한 것이다. 하지만, 어머니의 말 중에는 가시가 돋아 있었다. 그때까지만 해도 어머니 마음속에는 아버지에 대한 애증이 함께 자리 잡고 있었다. 만약 이러한 말다툼이 없었다면, 부부간의 믿음은 물론이고 두 분 사이에 그동안 쌓이고 쌓였던 응어리진 매듭과 오해를 풀 기회가 없었을 것이다.

　"금생(今生)은 전생의 연속이며 무한한 내일의 연결"이라고 청담
스님은 말씀하신 적이 있다.

　아버지와 어머니의 만남은 전쟁으로 말미암은 어수선한 시기에
피치 못 할 사별의 아픔을 겪고 우여곡절 끝에 이루어졌다. 아마도
두 분은 전생에서 무언가 인연이 있었을 것이다. 이승에서는
검은 머리가 파뿌리 될 때까지 행복과 고통, 기쁨과 슬픔, 사
랑과 미움 그리고 용서로 가득한 파란만장한 삶을 살아왔다.
아버지는 어머니를 고생시켜 미안한 마음에서 뜨거운 눈물을 흘리
셨다. 이에 화답하듯 어머니는 심지가 다 타들어가는 촛불처럼 아버
지를 위해 헌신하였고, 응어리진 매듭을 모두 풀어 아버지를 용서하
고 하늘나라로 떠나셨다. 어머니를 그리워하던 아버지 역시 곧바로
어머니 계신 곳으로 가셨다. 부모님은 전생과 현생의 인연으로 하늘
나라에서도 함께 하게 되었다. 이제는 극락세계에서 왕생하셔서 생
노병사(生老病死)의 고통에서 해방되어, 현생에서 못다 한 사랑을 나
누며 행복하시리라 믿는다.

　지금 부모님은 다정하게 나란히 누워 푸른 잔디 이불 삼아 주무시
고 계신다. 두 분은 손잡고 인연의 언덕을 넘어 평생 고갯마루

비탈길에서 살아왔다. 어머니가 환생의 날개를 달고 떠나시자 아버지는 어머니를 따라 천마를 타고 하늘나라로 가셨다. 두 분은 하늘나라에서 다시 만나 다정히 손잡고, 구름 언덕에 새 둥지를 틀었다. 이 어찌 아름다운 동행이 아니겠는가!

어머니는 아버지에 대한 사랑과 미움이라는 굴레 속에서 한평생을 살다가 어느 날 모든 속세의 굴레를 벗어 버리고 떠나셨다. 하지만, 어머니는 아버지와 살면서 쌓인 정과 아버지에 대한 확고한 믿음 때문에 마침내 아버지를 감싸 안았다. 이제 두 분은 생로병사의 고통이 없는 곳에서 날개를 달고 나르고, 천마를 타고 달리며, 구름을 타고 걸을 수 있다. 그래서 어머니에게는 아버지도, 비탈진 언덕길도 굴레가 되지 않을 것이다.

굴레는 벗어나는 것만이 능사가 아니다. 인간은 끊임없이 굴레 안에서 살면서 벗어버리기도 하고, 새로운 굴레에 얽매이기도 한다. 갖가지 굴레 속에서 굴레를 벗어나려고 하는 과정이 인간다운 삶의 과정이며 그 자체가 아름다운 삶이라고 할 수 있을 것이다. 그래서 어머니는 사랑의 굴레를 다시 짊어졌던 것이다.

인연의 고리를 하늘나라까지 이어간 어머니의 숭고한 선택은 하늘보다 높고 바다보다 넓은 어머니의 마음을 다시 한번 느끼게 했다. 어머니와 아버지가 맺어온 인연의 고리는 동아줄보다 강하고 끈질겨서 영원히 끊어지지 않을 것이다. 인연은 담벼락에 난마처럼 얽혀 있던 담쟁이넝쿨이 소리 없이 담을 넘어 오 듯 어느새 맺어지고, 눈보라를 이겨내고 꽃샘추위에 견디어낸 산수유의 메마른 가지에서 은근슬쩍 꽃망울이 터지듯, 시련 속에서도 어느새 꽃을 피우게 된다. 인연의 꽃은 시련을 딛고 소리 없이 꽃망울을 내밀 때 가장 아름답다.

〈엄마가 물동이를 이고 오르시던 고갯길〉

제3부 그리움과 눈물

설날 아침에 부모님 생각

올해도 여느 때처럼 설 명절이 다가왔다. 귀성열차와 고속버스 예매는 벌써 끝났다. 예년 같으면 귀성열차를 이미 예매해 놓거나 승용차로 갈 때는 일기예보에 귀 기울이곤 했었다. 그런데 올 설은 도대체 명절 분위기가 나지 않는다.

어린 시절 떡국을 한 그릇 먹어야 나이를 한 살 더 먹는다고 하여 설날을 기다려 한 살을 더 먹기 위해 반드시 떡국을 먹었다. 어머니가 손수 끓여준 떡국을 외국 근무할 때만 제외하고 매년 먹은 것 같다. 이젠 어머니가 끓인 떡국은 더 먹고 싶어도 먹을 수 없다.

설날 아침에 잠시 부모님과 함께 했던 어린 시절 고향의 설날 기억을 더듬어 보았다.

어머니는 보통 열흘 전부터 바쁘게 차례 상 준비를 하셨다. 이때는 안방에 콩나물시루가 자리를 차지하고 들어선다. 어머니는 콩나물시루에 매일 물을 주어 정성스럽게 키우며 콩나물이 웃자라지 않도록 까만 천으로 덮어놓는다. 나는 어느 날, 방에서 형제들과 장난치다가 콩나물시루에 걸려 넘어지면서 수북이 올라온 콩나물시루에 엉덩방아를 찧는 바람에 애써 길러놓은 콩나물이 뭉그러지고 부서지게 되어 어머니에게 호되게 야단맞은 적도 있었다.

시골에는 5일마다 장이 열린다. 보통 명절 전에 열리는 장은 대목장이라 하여 장터도 넓고 물건도 많아 군내 여러 마을에서 한꺼번에 모여드는 사람들로 북새통을 이룬다. 차례용품이나 설빔을 장만하기 위해 소를 몰고 오는 사람, 강아지, 씨암탉을 팔러 오는 사람, 각종 농산물을 머리에 이고, 지게에 지고 오는 사람 등 각양각색이다. 필요하면 장에 도착하기 전 길목에서 흥정하여 사고팔기도 한다.

나도 어머니를 따라 여러 번 장에 간 적이 있다. 초등학교 시절에 어머니가 장에서 설빔으로 사준 코르덴 바지와 나일론 스펀지 잠바가 지금도 기억난다. 장에 따라가 팥죽 한 그릇 얻어먹는 날은 정말 재수 좋은 날이다. 어머니는 대목 장날, 상에 놓을 제수를 준비하신다.

2-3일 전부터는 설 분위기가 살아나기 시작한다. 산자를 튀기고, 엿기름을 고와 떡을 찍어 먹는 꿀처럼 달짝지근한 조청 등을 만든다. 설 전날은 온 가족이 동원되어 분주하게 이것저것 할 일이 많다. 찹쌀로

인절미나 쑥떡을 만들 때 한층 더 설 분위기를 느끼게 한다. 찹쌀을 찐 다음 절구통에 넣고, 김이 모락모락 나는 떡쌀에 어머니가 물을 쳐가며 가운데로 모아주면 아버지가 땀을 뻘뻘 흘리며 힘껏 매질하여 만드는 인절미는 더욱 찰 지고 맛이 있다. 특히 뜨겁고 말랑말랑할 때 콩고물을 묻혀서 먹는 인절미야말로 입에 딱 달라붙는다고나 할까?

밖에서 떡 준비가 마무리될 때쯤이면 부엌에서는 콩나물 삶는 냄새가 구수하고, 각종 부침개 부치는 냄새가 코를 벌름거리게 한다. 뭐니뭐니해도 우리 집 요리 중 홍어찜 냄새는 온 동네를 진동한다. 우리 집에서는 홍어 없이는 설을 쇠지 못 한다 해도 과언이 아니다. 어머니는 홍어찜을 하고 남은 홍어를 뼈까지 숭숭 썰어 홍어회 무침을 한다. 미나리를 넣고 식초를 적당히 치면 새콤달콤한 회는 보기만 해도 군침이 돈다. 홍어는 버릴 것이 없다. 뼈도 말랑말랑하여 회무침 하여 먹을 수 있고, 홍어 애는 보리 잎을 넣고 끓이면 국물이 고소하고 톡 쏘는 맛에 술안주로 제격이다. 어머니는 홍어앳국에 길들어진 아버지를 위해서 설 전날에는 앳국을 끓여 아버지와 함께 막걸리 한잔하시는 것을 잊지 않는다.

어린 시절 내가 왜 설을 매년 손꼽아 기다렸을까?

솔직히 내가 어렸을 때만 해도 음식을 배불리 골고루 먹는 사람이 드물었다. 보리밥에 김치와 된장이 주 메뉴였고, 그나마도 많이 먹을 수만 있으면 감지덕지했다. 그래도 설날에는 못 먹어 본 음식을 골고루 맛있고 배부르게 먹을 수 있어서 좋았던 것 같다.

설날에는 새 옷, 새 양말로 단장하고 비록 거울도 없어 얼마나 잘 어울리는지 확인은 못 해도 새 옷이라는 이유 하나만으로 마음이 들떠 온 동네를 누비고 다닐 수 있어서였다.

그리고 정말 설을 기다렸던 이유는 딴 데 있었다. 친척들에게 세배하고, 동네 집집이 애들끼리 몰려다니면서 어르신들께 세배하고 세뱃돈 받는 기쁨이 쏠쏠하였기 때문이다. 사실 당시 동네 어르신들이 주신 세뱃돈은 1인당 10환(1원) 정도였는데 눈깔사탕 1개 값 정도에 불과했다. 하지만, 아이들에겐 적지만 큰돈이었다. 초등학교 들어가던 해 무렵인 것 같다. 어느 날 신작로를 지나다가 쓰레기통 주변에서 꼬작꼬작 구겨진 10원짜리 지폐 한 장을 주웠던 적이 있다. 태어나서 처음 큰돈을 주웠던 나로서는 운수 대통한 느낌이었고, 어린 마음에 가슴이 콩닥콩닥 뛰어서 누가 볼세라 얼른 주머니에 넣어 두었다가 집에 가서도 꿈인지 생신지 돈을 꺼내보기를 몇 차례씩 되풀이하곤 했고, 심지어는 밤에 잠을 자다가도 주은 돈 생각이 나서 벌떡 일어나

꺼내 확인해 보았던 기억이 있다.

설날이 되면 나만이 아니라 형제들 모두 하다못해 양말 한 켤레라도 새것으로 갈아 입히고 싶은 것이 부모님 마음이었던 것 같다. 우리 어머니 아버지는 설날이라고 당신들이 입을 새 옷이나 새 신발을 사신 적이 없었다. 오직 자식들의 설빔을 마련하기 위해 겨우내 한천 공장(해초 류인 우뭇가사리를 끓여 추운 겨울철에 말려서 하얀 한천을 만들었던 곳)에서 밤낮으로 추위에 떨면서 일하고 받은 돈을 모았던 것이다.

농한기인 겨울철에 일 할 수 있는 곳이 유일하게 한천 공장뿐이었던 것 같다. 두 분 모두 그곳에서 추위와 싸우며 고생하여 받은 품삯으로 우리를 먹여 살렸던 것이다. 아버지는 눈보라 치는 밤에도 들판에 말리고 있는 한천을 도둑맞지 않게 밤새워 지키는 일인 야경(夜警)을 하셨으니 온몸이 움츠려드는 엄동설한에 얼마나 힘드셨을까 상상이 간다. 지금 생각하면 생각할수록 내 가슴이 시리도록 저미어 오는 부모님 삶의 발자취이다. 지금은 모든 것이 그리운 추억이 되고 말았다.

올해 설부터는 부모님 계시던 고향 집에 가고 싶어도 갈 필요가 없고, 부모님을 보고 싶어도 볼 수 없다. 설날 이른 새벽 길음동 형님

댁으로 갔다. 아버지 어머니가 멀리서 내려오시는 날이기에 먼저 가서 부모님을 맞이할 준비를 하기 위해서였다.

부모님이 돌아가신 뒤 첫 번째 맞이하는 설이라 여느 해 설보다도 풍성한 상을 차려놓고, 조상님과 부모님께 술을 따라 드리고 절을 했다. 설을 쇠러 자식 집에 들르신 부모님과 함께 온 가족이 오붓하게 식사하는 모습을 머릿속에 그려 보면서 술잔을 주고받았다. 아버지 어머니 그리고 먼저 돌아가신 큰어머니께서 주신 술 한잔이 유난히도 나를 취하게 하는 것 같았다.

세월 속에 빛바랜 기억들이 어제 일처럼 생각나는 유년시절은 부모님의 아낌없는 자식에 대한 조건 없는 사랑으로 점철되어 있다. 긴 세월이 흘러간 지금도 못 잊도록 그리움만 가득하다.

그리운 부모님

어버이 살아 계실 때가 엊그제 같은데 벌써 수개월이 흘렀다. 보고 싶어도 볼 수 없고, 만나 뵙고 싶어도 갈 수 없는 곳에 계시는 부모님. 생각하면 생각할수록 그리움만 쌓인다.

바람 부는 날이면 문풍지 떠는소리에 행여나 부모님께서 오실까? 귀 기울여 본다. 어머니 돌아가신 뒤 처음 맞이한 내 생일날 이른 아침부터 어머니 전화벨이 기다려졌다.

결혼 후 한해도 빠짐없이 어머니는 내 생일날 아침 일찍 우리 집에 전화를 걸어 나에게 축하 말씀을 해주셨다.

"생일 축하 헌다. 어멈 바꿔봐라"

아내에게는 내 생일을 제대로 챙겨 주는지 물으시곤 했다.

"떡 시루 구멍은 막았냐? 미역국이라도 끓여 주었냐?"

요즘도 시골에서 택배가 왔다고 연락이 오면 부모님 생각이 간절하다. 어머니는 내 생일이 다가오거나 서울에 다녀갈 일이 있으면, 농산물은 미리 택배로 보내시기도 했다. 그리고 전화를 하신다.

"거시기 뭐냐 찹쌀 쬐깨(조금) 하고 팥 한 주먹과 참기름 한 병 보냈어야."

"그리고 거시기 뭐냐, 니가 좋아하는 갓김치 좀 비닐 봉달이에 넣어서 부쳤다."

"안 부족 할란지 모르겠다. 요새 참기름은 꼬순 냄새도 안 나고, 옛날허고 틀려야!"라고 하신 말이 생각난다.

요즘에는 장례를 모두 마친 뒤 탈상을 하는 경우가 많은데, 예전에는 삼 년이 지나야 탈상을 했었다. 그래서인지 아직도 부모님께서 고향 집에 계신다고 느껴지기도 하고 때로는 가까이에 살아 계신다고 착각할 때도 있다. 돌아가신지 몇 개월밖에 지나지 않아서일까? 아직도 생전의 모습이 생생하고 마음속으로나마 부모님과 대화를 한다. 어느 날 꿈속에서 어머니와 전화통화를 했다. 내 전화에 입력된 어머니 전화번호를 눌러 보았다. 전화가 잘 걸렸다.

"엄마 요즘 날씨가 추운데 보일러 좀 틀고 따뜻하게 사시죠?"

"무릎은 좀 어때요, 눈이 많이 와서 길이 미끄러우니까 밖에 나가시면 큰일 나요."

"서울도 눈 많이 왔담서야, 호랭이 물어갈 날씨다."

"올해는 눈도 눈도 징상스럽게 많이도 온다.

"날 풀리면 내려갈게요."

어머니는 여느 때와 같이 카랑카랑한 목소리였다.

"우리 걱정허지 말고 니기들 건강 조심해라. 감기든게로 옷 따땃허니 입고 댕겨라. 글고 눈 올 때는 차 몰고 다닐 생각 당최 허지 마라."

"아버지랑 도란도란 옛날 얘기하시면서 재미있게 지내세요."

어머니 얼굴은 편안해 보였다. 하지만, 금방 사라져 버린다. 눈을 떠 보니 꿈이었다.

어느 봄날 날씨가 풀리고 부모님 생각도 나고 해서 나는 고향 집을 찾았다.

이웃집 춘식이 어머니가 우리 소리를 듣고 어머니가 생각 나셨는지 내려오셨다.

"아이고 와겠는가! 자네 어매 가신 뒤로는 와보고 싶어도 아무도 없고, 누가 어디 가자는 사람도 없고, 무장 밥맛도 없고 곧 죽을랑 가비네."

춘식이 어머니는 친하게 지냈던 어머니가 세상을 떠나버리자 몹시 애달파 하셨고, 삶의 의욕이 떨어지셨던 것이다. 어느덧 춘식이 어머니의 눈가에 눈물이 고였다.

"자네 엄마가 아버지 떠나시면 이 집에서 같이 살자고 했는디…."

"세상 참 허망 해부네."

어머니가 서울로 올라오시기 전 아버지가 먼저 돌아가실 줄 알고, 춘식이 어머니에게 약속했었던 모양이다.

우리 집은 지금은 앞집에서 틈틈이 와서 봐줄 뿐 아무도 살지 않는 주인 없는 빈집이다. 주인 없는 빈집에는 지금도 어머니 아버지 손 때 묻은 살림들이 그대로 있다. 어머니가 정성들여 가꾸어 놓은 화초에서는 꽃이 피고 진다. 집안을 한 바퀴 둘러보니 왠지 슬퍼지고 부모님 생각이 간절해진다. 주인 없는 빈집에는 어머니 아버지가 평소에 짚고 다니던 지팡이만 현관문 앞에 외로이 기대어 서서 나를 반겨 주는 듯했다. 장독대에는 어머니가 담가놓은 묵은 간장이 봄볕에 더욱 검다. 고개를 돌려 부엌 쪽을 바라보니 금방이라도 부엌에서 어머니가 장독대로 나오실 것만 같다.

아버지는 일 년 동안 병원에 누워계시다가 돌아가신지 몇 달 안 돼서 그런지 어머니보다 그리움이 덜하다. 어머니는 입원 삼 개월 만에 급히 떠나신 바람에 더 보고 싶어진다. 그럴 때마다 나는 어머니 사진을 본다. 어떤 때는 아내를 보면서 어머니에 대한 그리움을 달래기도 한다. 아내도 우리 집안에 시집온 뒤에 우리 집 가풍을 따르면서 어머니를 보고 배워서인지 어머니와 유사한 점이 많은 것 같다. 강인한 생활력과 냉철한 판단력이 닮았다. 음식 솜씨도 어머니 손맛

빈 집

주인 없는 사립문이 스르르 열리고
주렁 막대기와 지팡이만 날 기다리네

화초들은 목말라 어머니를 그리워하고
향나무는 이발하고 싶어 아버지를 기다리네

강남에서 온 제비가 봄 소식 전해주니
장독대의 묵은 간장은 봄볕에 홀로 익어가네

마당에도 텃밭에도 하얀 민들레 만발하니
노란 나비 하얀 나비 꽃을 찾아 날아오네

에 접근해 있고, 자식들 훈계하는 것도 어머니를 쏙 빼닮았다. 어머니에게 못다 한 효도를 어머니를 닮은 아내에게 사랑으로 대신하고 싶다.

어머니의 사랑을 기리면서 고려 시대 작가 미상의 속요 사모곡(思母曲)을 읊어 본다.

호(號)미도 놀히어신 마르놀 (호미도 날이지마는)

날 ㄱ티 들리도 어쓰섀라 (낫같이 들리도 없습니다.)

아버님도 어싀어신 마르는 (아버님도 어버이시지마는)

위 덩더둥셩

어마님 ㄱ티 괴시리 어뻐라 (어머님 같이 아껴 주실 리 없어라.)

아소 님하(아~ 님이여)

어마님 ㄱ티 괴시리 어뻐라 (어머님 같이 아껴 주실 리 없어라.)

지금도 부모님이 생각날 때는 어머니가 집에 와 계시면서 쓰셨던 효자 손(등 긁는 도구)을 만지작거린다. 효자손을 보면서 부모님에게는 자식들 손보다 더 필요한 손이었던 것 같다는 생각이 들었다. 아울러, 내가 과연 부모님의 가려운 곳을 효자손만큼 시원하게 해 드렸을까 스스로 반문해 본다.

달이 뜨거나 별이 빛나는 밤에는 나는 먼 하늘나라 미리내로 소풍을 떠나신 부모님이 그리워 밤하늘을 쳐다보며 어머니 생각에 잠긴다.

별님 달님

별님이 반짝반짝 윙크한다
달님은 방긋방긋 웃어준다

별을 찾아 아버지를 외쳐본다
달을 보고 어머니를 불러본다

애타도록 대답 없는 별님 달님
바람 타고 메아리 되어 오신다

내 눈속에 별님을 듬뿍 담는다
내 가슴속에 달님을 꼬옥 품는다

눈가엔 별빛가득 이슬이 맺히고
가슴엔 보름달이 그리움 되어 떠오른다

어버이와 된장

봄이 되면 어머니가 만드신 된장과 간장이 생각난다. 대동강 물이 풀린다는 우수와 개구리가 겨울잠에서 깨어나는 경칩이 지나면, 고향마을에서는 집집마다 메주를 씻어 장을 담근다. 매화가 꽃망울을 터트리고 노란 개나리가 활짝 필 때면 우리 집 담장을 넘어온 장 달이는 향기가 온 마을에 그윽하여 고향의 정취를 듬뿍 느끼게 한다.

그동안 나는 된장 귀한 줄 모르고 살아왔다. 부모님이 빚어서 보내주신 된장에 깃든 부모님의 정성과 소중한 가치를 모르고 살아왔던 것이다. 부모님은 내가 결혼 후 수십 년간 한해도 빠짐없이 된장과 간장을 보내 주셨다. 그래서 우리 집에는 된장이 남아돌았고, 그중 일부는 자랑삼아 나누어 먹기도 했다. 그러는 동안 나는 부모님 손맛에 길들었고, 음식점이나 남의 집 된장은 맛이 없어 잘 먹지 않았다. 우리 집 된장에서만 우러나오는 고유의 맛과 향을 느낄 수 없었기 때문이었다. 그래서 나는 멀리 인도네시아에서 근무할 때도 부모님의 손맛이 밴 된장을 꼭꼭 한국에서 가져다 먹었다.

그렇다면 우리 집 된장은 특별 조미료라도 쳐서 만드는 걸까?

나는 어렸을 때부터 아버지 어머니가 장 담그고 된장 가르는 과정을 자주 보아 왔고, 거들어 드린 적도 있었다.

된장의 주 원료는 콩이다. 어머니는 가을이 되면, 5일만에 열리는 황룡장에 나가 촌에서 아낙네들이 머리에 이고 오는 질 좋은 해콩을 골라 사모으신다. 겨울이 되면 노란 콩을 잘 씻어 가마솥에 삶은 뒤 절구통에 넣고 적당히 찧어내 네모나게 메주를 만들어 뜨거운 아랫목에 며칠 동안 말린 다음, 지푸라기로 묶어 방안 선반이나 벽에 매달아 놓는다.

된장 맛의 1차 관문은 메주에 곰팡이를 얼마나 잘 띄우느냐에 달렸다.

우리 집에 가면 방 한 칸은 4계절 메주 냄새가 코를 찔렀다. 매년 겨울철에 띄우는 메주 냄새가 집안 구석구석 배어 있기 때문이다. 우리 얘들은 시골에 가면 그 방은 냄새가 난다고 아예 들어가지 않는다. 그러나 아버지는 그 냄새에 익숙해져서 메주 띄우는 방에서 잘 주무신다. 왜냐하면, 방 온도 조절을 위해 아궁이의 연탄불을 관리해야 하기 때문이었다. 아버지는 메주가 발효하는 냄새와 표면에 생성된 솜털 같은 곰팡이 포자를 보고, 맛있게 띄워졌는지를 판단한다.

이렇게 띄운 메주는 충분히 마른 뒤 깨끗이 씻어서 장독대의 큰 항아리에 소금물과 함께 담그게 되는데 이것을 장담그기라 한다. 부모님은 삼월 삼질 날이 되면 장을 담그고, 그 위에 빨간 고추 몇 개와 까만 참숯을 띄어 놓고 약 40일 정도 숙성시킨다.

어머니는 따뜻한 봄날이 오면 장 담근 항아리에서 된장을 가르기 위해 길일(吉日)이라서 그런지 '말(馬) 날'을 잡아 된장을 담그고 장을 달인다. 먼저 장 항아리에서 물러진 메주를 건져 손으로 잘 으깨어 빈 항아리에 담아 꾹꾹 누른 뒤, 그 위에 간이 들도록 적당량의 소금을 뿌려 양지바른 곳에 두고 햇볕을 쬐며 계속 숙성시킨다. 이것이 된장이다. 이렇게 해서 잘 익은 된장이 어머니의 새끼손가락과 혀끝을 거쳐 맛이 들었으면 자식들 집에 배달되었다.

된장을 만드는 방법은 전국 어디에서나 같은 것 같다, 하지만, 맛은 담그는 사람에 따라 제각각이다. 된장과 장 맛의 2차 관문은 간수가 빠진 오래된 천일염을 사용해 간을 맞추는 어머니의 손에 달렸다. 그뿐만 아니라 맛이 들기까지 적당히 햇볕을 잘 쬐고 통풍도 시키고 하는 정성에 따라 맛에 차이가 있는 것 같다. 된장을 담그고 나면 메주를 우려낸 소금물에서 불순물을 제거하고, 가마솥에 넣고 달이면 재래식 간장이 된다. 간장 맛도 메주를 얼마나 잘 띄웠는가에 따라 결정되는 것이다. 그리고 정성스레 숙성시키는 과정이 된장처럼 간장 맛을 좌우하게 된다. 특히 우리 집 장독은 3대에 걸쳐 사용해 온 오래된 장독이라 독에 맛과 향이 배어 있고, 장독이 숨을 쉬어 맑은 공기를 마시며 익어가기 때문에 된장 맛과 간장 맛이 유난히 더 좋은 것 같다.

이렇게 부모님이 온갖 정성을 다해 빚어낸 된장과 간장은 특유의 향과 맛을 냈던 것이다. 그래서 우리 형제들은 부모님이 꼬박꼬박 보내주시는 된장, 간장덕분에 지금까지 맛있는 음식을 먹을 수 있었다. 모두가 어머니 표 된장 애호가들이다. 그러나 올해부터는 어머니 아버지가 빚어낸 된장을 맛은 고사하고 냄새도 못 맡게 되어 걱정이 태산이다

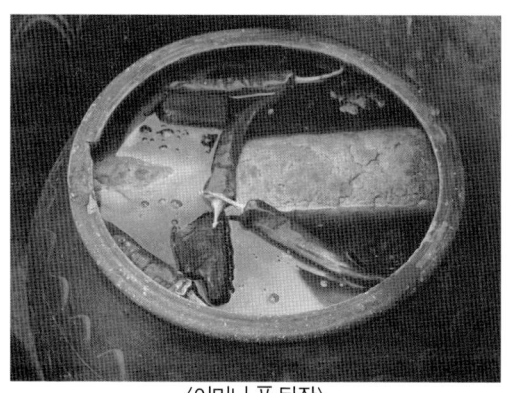

〈어머니 표 된장〉

된장을 모독하는 '된장녀'

몇 년 전부터 우리의 전통 음식인 된장을 모독하는 '된장녀'란 신조어가 유행하고 있다.

된장녀는 경제적 능력을 고려하지 않고 남이 하니까 따라 하는 식의 소비형태 즉, 비싼 커피를 즐겨 마시거나 외국명품 소비를 선호하는 젊은 여성을 비하하는 말이다. 최근 들어서는 '된장녀'가 남성들이 생각하는 좋지 않은 여성상을 통칭하는 단어로 쓰이고 있어 더욱 안타깝다.

왜 하필이면 내가 가장 좋아하는 된장을 나쁜 이미지에 결부시켜 신조어를 만들었는지 화가 나기도 한다. 된장은 토속적인 이미지와 독특한 냄새를 가진 것은 사실이다. 그러나 가장 한국적인 냄새이고, 한국인이 가장 많이 먹는 음식인데 부정적인 여성을 상징하는데 사용되는 것은 옳지 못 하다고 생각한다. 차라리 능력도 없으면서 명품을 좋아하고 외제 커피를 좋아하는 여성들은 서양의 발효식품인 치즈를 붙여 '치즈녀'라 불러야 타당하다. 된장에 익숙한 여자가 치즈의 독특한 냄새에 맛 들여 된장대용으로 치즈를 즐겨 먹는다면 '치즈녀'라 불러져야지, 왜 '된장녀'라 부른단 말인가!

어머니처럼 된장을 좋아하고 된장을 잘 만드는 여자뿐만 아니라 우리 음식을 좋아하고, 우리의 전통과 문화를 사랑하는 모든 어머니를 진정한 '된장女史'라고 불러야 할 것이다.

봄이 되니 부모님께서 만드신 된장으로 끓인 쑥국이 생각난다. 어느새 내 마음을 알아차린 아내는 언니가 살고 있는 양평까지 가서 어린 쑥을 뜯어다 조금 남은 어머니 표 된장으로 구수한 쑥국을 끓여 식탁 위에 올려놓았다. 나는 부모님 생각에 젖어 아내의 고마움도 잊은 채 밥 한 그릇을 국에 말아 금방 해치웠다. 된장국 생각이 날 때마다 부모님 손맛이 더욱 그리워진다.

돌이킬 수 없는 세월

내가 고향을 등지고 부모님 곁을 떠나온 후부터 아버지가 뇌출혈로 쓰러지기 전까지 부모님에 대한 효도를 다하지 못한 나로서는 그 세월이 '잃어버린 30년'이 아닌가 생각한다. 그동안 나는 오직 내 인생의 앞만 보고 달려온 것 같다.

내가 개천에서 용 났다 할 정도로 성공한 것도 아니고, 어떤 사람들처럼 돈을 많이 번 것도 아니다. 다만, 시골에서 옷 보따리 하나 달랑 들쳐 메고 올라와 중앙 부처 공무원으로서 지금까지 묵묵히 주어진 직무에 충실할 뿐이다. 하지만, 그동안 부모님 속 썩이지 않고, 큰 걱정을 끼쳐 드리지 않으면서 내 앞길 스스로 개척해 나갔던 것이 효도라면 효도였을 것이다.

언제나 아버지 어머니는 나를 자랑스러운 아들로 생각하며 살아오신 것 같다. 특히 시골 노인당에 가시면 기죽지 않으려고 아들 칭찬을 했던 모양이다. 노부모만 시골에 남겨두고 편하게 모시지도 못하는 자식들이 뭐가 자랑스러웠겠는가? 하지만, 자식들의 허물은 감추고 부풀려 자랑만 늘어놓는 게 부모님의 마음인가 보다.

고향이 갈 수 없는 곳도 아니고, 부모님이 올 수 없는 처지도 아닌데, 부모님 모시고 함께 살아 보지도 못한 채 조금 멀리 떨어져 산다는 이유로 게으름을 피우며 자주 찾아뵙지 못했던 지난 세월이 죄송스럽기만 하다.

부모님이 세상을 등지고 가실 때까지 30여 년간 나는 자나깨나, 비가 오나 눈이 오나 바람이 부나, 부모님에게 의지하며 살면서 세월만 흘려보낸 것이다. 그러는 동안 부모님에 대한 그리움이나 고마움을 가슴 속 깊이 새겨보지 못했던 것 같다. 그때까지 나는 부모님이 그리워서 눈물을 흘려본 적도 없었다. 부모님을 영영 볼 수 없게 되니 그 시절이 더욱 그리워진다. 내 삶에만 집착한 채 무심코 흘려보낸 돌이킬 수 없는 세월이 더욱 안타깝게 느껴진다.

비록 부모님은 자식들 곁을 떠나셨지만, 부모님의 영혼은 자식들의 가슴속에 깊이 자리 잡고 있을 것이다. 부모님은 우리 형제들을 낳으시고 기르시며 가족의 틀을 튼튼하게 하여 서로 의지하면서 살게 해주셨다. 부모님은 우리에게 가문의 전통을 일깨워 주셨고, 서로 우애하고 단합하도록 길들이고 가르치셨다.

우리 형제들은 지난 한 해 동안 졸지에 아버지 어머니를 모두 잃은 불효자가 되어버렸다. 그 과정에서 부모님의 아들, 딸, 며느리, 사위들 모두 부모님을 편안히 모시려고 노력했다. 방법은 달랐는지는 몰라도 마음만은 온갖 정성을 쏟았으며, 떠나보내면서 모두가 슬픈 눈물을 하염없이 흘렸다.

형제들 역시 부모님을 떠나보내면서 아픔과 슬픔은 물론이고, 불효에 대한 후회와 반성도 내 마음과 같을 것으로 생각한다. 우리는 어린 시절 가난이라는 아름다운 이불을 추우나 더우나 함께 덮고 살았고, 밥이건 죽이건 많거나 적거나 사이좋게 나누어 먹었던 가족이다.

이제는 생전의 부모님 유지를 잘 받들어 부모님이 일구어 놓은 우애의 틀을 잘 가꾸어 나가야 하겠다. 비록 멀리 떨어져 살지만, 형제들만이라도 자주 만나 부모님과 함께 하지 못한 아쉬운 정을 나누면서, 화목하게 살아가는 것이 하늘나라에서 내려다보고 계신 부모님 마음을 편안하게 해 드리는 것이 아닐까 생각한다.

어느 여인의 위로 편지

어느 날 사무실에 전혀 알지 못하는 한 여인으로부터 편지가 날아들었다. 국제 성경 자원봉사자라고 밝힌 그분은 지난해 12월25일 신문 부고란에서 내가 부친상을 당한 것을 보고 위로의 편지를 보냈던 것이다.

편지 내용은 "사랑하는 사람의 죽음만큼 가슴 아픈 일은 없을 것입니다. 결국, 죽음에 이르는 인생의 의미, 사후 생명의 존재 여부 등 많은 생각을 하게 됩니다."라고 하면서 "동봉한 자료에 이러한 질문들에 대한 성경의 대답이 들어 있습니다. 종교와 관계없이 읽어보신다면 큰 위로를 받으실 수 있을 것입니다."라고 쓰여 있었다.

때마침 내 마음은 슬픔에 휩싸여 있었고, 누군가로부터 작은 위안이나마 받고 싶은 심정이었다. 나는 그분이 보내준 자료를 관심 있게 읽어 내려갔다. 성서에서는 "주의 죽은 자들은 살아나고 …. 일어나리라." "의인이 땅을 차지하며 거기 영원히 거 하리로다"라고 약속을 하고 있었다.

물론 성서에서는 죽음과 죽은 자의 상태에 대해 "무릇 산 자는 죽을 줄을 알되 죽은 자는 아무것도 모르느니라" "호흡이 끊어지면 흙으로 돌아가서 당일에 그 도모가 소멸하리로다"라고 말하고 있다. 하지만, 전능하신 하나님께서는 자신이 원하는 사람들을 부활시킬 능력을 갖추고 있다고 하신다.

사람마다 자신의 믿음과 추구하는 구원이 달라서 죽음과 영혼에 대한 내세관이 다른 것 같다. 어떤 이는 죽어도 다시 살아남는다는 영혼 불멸을 믿기도 하고, 사는 것이 곧 죽는 것이라고도 믿기도 하며, 죽음이란 또 다른 생명으로 인도하는 문에 불과하다고 말하거나, 깨달음에 의해 생사와 번뇌, 모든 고통에서 벗어나는 극락왕생(極樂往生)을 믿는 사람들도 있다.

나는 어떤 종교도 갖지 않고 있다. 하지만, 어느 종교든 내가 공감하는 바에 대해서는 긍정적으로 받아들인다. 더구나 지금의 내 마음은 물에 빠진 사람이 지푸라기라도 잡는 심정으로, 내가 가장 사랑했던 어머니 아버지가 다시 내 곁으로 오신다면 그 무엇이라도 믿고 싶다.

부모님의 영혼만이라도 내 곁에 남아 있어도 좋겠고, 부모님께서 극락정토(淨土)에서 다시 태어나도 좋으며, 육체적으로나 정신적으로 부활하시어 함께 살 수 있다면 더없이 좋겠다.

또 한 분의 어머니를 그리며

나에게는 또 한 분의 어머니가 계셨다. 그분은 사랑하는 아내를 낳고 길러서 나에게 보내주신 어머니, 바로 장모님이다. 나는 장모님의 진한 눈물을 딱 한 번 보았다. 그 눈물은 인생 백수를 눈앞에 두셨던 장모님의 한 많은 지난 세월에 대한 회고의 눈물이자 사위와 딸과 이별하면서 흘리신 살아생전의 마지막 눈물이었다.

어머니는 일찍이 전라남도 담양군 대덕면의 노루골의 유씨 집안에 시집와 10남매를 낳아 기르셨다. 아내가 태어나 자란 이곳은 조선 선조 때 학자이신 미암(眉巖) 유희춘(柳希春) 선생이 이조참판의 벼슬을 사직한 후 고향에 돌아와 글을 쓰면서 여생을 마친 곳이다. 미암 선생이 선조 즉위년(1567)부터 선조 10년까지 11년간 손수 쓰신 일기인 미암일기(眉巖日記, 보물 260호)와 미암집 목판이 보존된 미암기념관과 모현관, 글 쓰며 시조도 읊었던 연계정이라는 정자도 있으며, 미암 선생의 영정을 모셔놓은 사당이 있는 아담하고 정감이 가는 옛 고을이다. 어머니는 유씨 가문의 장손 집안 둘째 며느리로 들어가 엄격한 유교사상이 지배하는 집안에서 그 시대 여인들이 겪어야 했던 고단한 시대적 아픔을 참고 견디어내셨다. 더구나 시조를 읊고 풍류를 즐기셨던 남편을 떠받들고 사시면서 마음고생도 많이 하셨다.

설상가상으로 일찍 남편을 여의고 홀로 사십 년을 오직 자식들만을 위하여 살아오셨다.

하지만, 어머니는 모진 세파에도 꿋꿋하게 견디며 백수를 누리셨다. 미암 유희춘 선생과 미암 선생의 부인이며 조선조 4대 여류문인인 송덕봉 시인(휘: 鍾介)의 훌륭하신 유지가 면면히 흐르는 가문의 전통을 살려, 어머니는 한 치의 흐트러짐 없는 올바른 몸과 마음을 가졌기에 주변 사람들에게 존경을 받았고, 칭송이 자자했었다. 내가 곁에서 지켜본 어머니는 열 길 물속 같은 속 깊은 마음을 지니셨고, 수수하고 단정한 자태는 한 마리의 고고한 백학이셨다.

나는 어머니께서 운명하시기 열흘 전 주말을 기해 아내와 함께 입원 중이신 병원을 찾았다. 어머니께서는 겨우 물만 조금 드실 뿐, 기력이 거의 떨어진 상태였다. 특별한 질환은 없었지만, 노환으로 생을 정리하시는 듯했다. 아내는 병원에 계신 어머니 곁에서 하룻밤을 보내면서 많은 눈물을 흘렸다. 막내딸로서 초등학교 시절 아버지를 잃고,

출가할 때까지 어머니와 함께 살아오면서 어머니의 많은 사랑을 받고 모정을 느끼며 살아왔기에 슬픔이 더했다.

다음날 병문안 온 친구들을 배웅하고 들어오는데 어머니는 나를 애타게 기다린다고 한다. 내가 다가가자 나를 보시고 한 말씀 하셨다.

"자네는 일 바쁘니까 어서 올라가소"

열차 시간이 가까워지고 있었다.

어머니는 평소에도 내가 내려갈 때마다

"금방 올라가야헌디 고생허면서 뭐하러 왔는가."

"바쁜디 어떻게 시간을 냈는가?"

올라올 때쯤 되면 어서 올라가라고 챙기시곤 했다.

"자네는 나랏일 허니라고 바쁘니까 얼른 올라가 보소"

장모님의 사위사랑도 부모님의 자식사랑과 다를 바 없었다.

그날도 장모님께서는 마지막 순간까지 내가 열차 시간 늦을까 조바심하고 계셨다.

어쩌면, 마지막일지도 모르는 마지막 작별 인사를 올렸다. 어머니 눈에서는 두 줄기 눈물이 흘러내렸다. 자식과의 이별의 눈물이었다. 그리고 가장 오랫동안 품고 살았던 막내딸에 대한 아쉬움을 눈물로 표현하셨다. 흐르는 눈물은 어머니 가슴속에 묻어둔 평생의 한과 아픔과 슬픔이었다. 아내도 따라 울었다. 나의 눈가에도 이슬이 맺혔다.

홀로 되신 후 평생을 성당에 나가 기도하시며 사셨던 어머니 박 마리아님께서 2009년5월18일 향년 95세를 일기로 생을 마감하시고 하늘나라로 가셨다.

곱게 단장하고 떠나실 때의 어머님의 얼굴이 눈앞에 선하다.

나는 어머님을 천국의 문으로 모신 후 삼가 고인의 명복을 빌며 '천국에서 고이 잠드소서'라는 추모 시(追慕詩)를 바쳤다.

미암기념관

천국에서 고이 잠드소서

아카시아 향기 그윽한 빛 고을 광주
민주 영령들이 고향 찾는 날 5.18
무심한 자연은 마냥 푸르러만 가는구나

숭고한 그날을 기념이라도 하듯
먼저 가신 영령들을 위로라도 하듯
임은 새 삶을 찾아 먼 길을 떠나신다

헤어지기 섭섭하여 눈물을 보이셨나요
아침이슬처럼 영롱한 영혼의 빛을 보여 주셨나요
동트는 새벽녘에 예쁘게 단장하고 어디로 가시나요

가시는 길옆에는 만장이 나부끼는구나
임을 위한 행진곡이 울려 퍼지는구나
가벼운 걸음걸음 뒷모습도 어여쁘구나

미암(眉巖)기념관 보살피려 노루골로 가신다고요
연계정(漣溪亭)에 들러 잠시 쉬었다가 가신다고요
대밭 옆 양지쪽 언덕 천국의 문으로 가신다고요

가시는 길에 놓인 국화꽃 사뿐히 즈려 밟고 가시옵소서
모현관(慕賢館) 연못에 비친 추억의 그림자를 되돌아 보시옵소서
천국의 밤이 깊어지기 전에 고이 고이 잠 드시옵소서

효(孝)가 흐르는 가정은 행복이 넘친다.

내가 아내를 만나 결혼한 지도 26년이 지났다. 그때만 해도 인구문제, 식량문제로 '아들딸 구분 말고 둘만 낳아 잘 기르자!'라는 산아 제한 캠페인을 전개하던 때였다. 따라서 우리도 아들딸 하나씩만 낳았다. 그 당시에는 직장에서도 자녀 둘까지 부양가족 혜택을 줬고, 예비군 훈련장에 가면 정관수술을 권장하고 훈련을 면제해 주기도 했다.

이제는 상황이 정반대이다. 여성들의 사회진출이 활발해지고 국민소득이 증가하면서 우리나라 출산율이 세계에서 가장 낮은 수준으로 전락했다. 그래서 요즘은 정부나 지방자치단체가 앞장서서 출산 장려에 열을 올리고 있다.

분위기가 요즘만 같았으면 우리도 더 많은 자녀를 갖게 되었을지도 모른다. 우리 부모님처럼….

하지만, 땀으로 얼룩진 삶을 살아가신 부모님을 보고 자랐던 나로서는 그런 결단을 내리기 어려웠을 것 같다. 설령 그렇게 했다손

치더라도 우리 아버지 어머니가 우리에게 베풀어준 만큼 온갖 정성을 다해 여러 자식을 기를 수 있었을까에 대해 의문이다. 특히 우리 집은 가지 많은 나무에 바람 잘 날 없었다. 부모님은 7남매를 키워서 출가시켜 손자들 돌 봐주랴, 땀 흘려 지은 농산물 보내주랴, 그것도 부족해 자식 손자들 직장 걱정, 승진 걱정에, 매년 사월 초파일에는 잊지 않고 연등 달고 불공까지 드렸던 우리 부모님이 아니던가!

부모님의 그늘에서 더운 줄 모르고 살아오다 보니 내 인생도 어느덧 초가을쯤 된 것 같다. 딸은 대학을 졸업해 직장 생활하고 있고, 아들은 대학 2년 다니다 휴학하고 군 복무에 여념이 없다.

아들이 휴학하고 머리를 빡빡 밀고 군에 입대하는 날이었다. 훈련소 입소를 위해 강원도 춘천 00 보충대에 도착했다. 훈련 중에 무릎이 아플까 봐 무릎 보호대를 사주고, 시계가 필요할 것 같아 시계도 하나 사서 채워 주고, 가족끼리 식사를 한 후 보충대 정문 앞에 다다랐다. 많은 사람이 서로 악수하고, 부둥켜안고, 눈물을 흘리며 돌아선다.

우리 가족도 예외는 아니었다. 아내와 딸은 이미 훌쩍이고 있었다. 아들은 끝까지 참다가 돌아서는 순간 눈물을 훔친다. 나도 마음은 찡했지만, 눈물은 흘리지 않았다. 그리고 입대 후 일주일쯤 지나서 아들이 입고 간 옷과 신발, 편지 한 통이 담긴 소포꾸러미가 집에 도착했다. 뜯어 본 순간 아내는 눈물을 글썽였다. 그 순간 나는 내가 군에 입대했을 때 어머니도 아내처럼 눈물을 흘렸겠구나 하는 생각을 해 보았다. 그리고 훈련받는 중 훈련소 홈페이지에 공개된 사진을 보면서도 아내는 눈물을 훔치곤 했지만, 나는 남자라면 당연히 겪어야 할 과정이라고 생각했기에 무덤덤하게 넘겼다. 그 사진에는 신발 때문에 발에 물집이 생겨 운동화를 신고 훈련받는 아들의 모습이 보였는데, 모든 어머니가 다 그렇듯 아내도 아들의 어머니로서 마음이 편치는 않았을 것이다.

아들이 입대 후 9개월쯤 되었을 때 휴가를 받아 나왔다. 때마침 우리 가족은 휴가를 내어 암 투병 중인 어머니를 모시고 시골집에 갔던 날이다. 아들은 친구들 만나는 약속도 뒤로 미루고 할머니 할아버지 계신 곳으로 왔다. 누워 계신 할머니 할아버지를 보자마자 아들과 딸은 나보다도 더 슬피 눈물을 흘리며 안타까워했다. 딸은 평소 감정이 풍부해서 눈물을 곧잘 흘렸지만, 아들이 눈물을 보인 것은 의외였다. 아들이 어렸을 때 할아버지 집에서 몇 달간 살다 온 적이 있어서 할아버지 할머니에 대한 정감이 그를 더욱 슬프게 했던 것 같았다.

아들은 입대 후 처음으로 나온 정기 휴가라서 하고 싶은 것도 많고, 만나보고 싶은 친구도 많을 텐데 언제 돌아가실지 모르는 할아버지 할머니 병문안하느라 황금 같은 휴가의 며칠을 보내버린 것이었다. 집에 돌아온 뒤 귀대하기 전날 아들은 하얀 봉투 하나를 꺼내 놓았다. 햇빛에 바랜 등산 파카를 입은 엄마의 모습을 보고 마음이 아팠던 모양이다. 그렇지 않아도 다 쓰러져 가는 할머니 할아버지를 보고 느낀 바가 있었던 것 같다. 아들은 엄마에게 다가가 이름있는 브랜드의 여름용 등산 파카를 꼭 사 입으라고 하면서 40만 원이 든 봉투를 엄마에게 건넨다.

"군인 졸병이 뭔 돈이 있어 엄마에게까지 옷을 사준다고 하냐?"

"너 쓸 돈도 부족할 텐데 가지고 가서 써라." 하면서 아내가 거절하자,

"엄마 걱정하지 마, 담배도 안 피우고 해안 근무하다 보면 돈 쓸 일이 없어"

"이 돈은 휴가 가면 엄마 선물 사 줄려고 그동안 봉급 저축해 놓았던 거야"

아들은 기꺼이 엄마 주머니에 봉투를 넣어 주었다.

아들의 효성에 감동되어 나는 마음속으로 흐뭇해했다.

"귀여운 자식, 벌써 저렇게 커서 어머니 은혜도 알게 되고."

"그래 남자는 역시 군대를 보내야 사람 되는구먼."하면서….

지난 연말 할아버지께서 돌아가신 날 아들이 특별 휴가를 나왔다. 아들은 멀리 강원도에서 출발하여 병원까지 찾아오는데 근 하루가 소모된데다가 휴가 기간이 짧아서 장지에만 갔다가 곧바로 서울로 올라가야만 했다. 나는 아들을 미처 챙기지 못해 돈 한 푼 주지 못했는데 서울로 돌아가는 장의 차를 타고 바로 가버렸다는 것이다. 마음속으로는 서운했지만 어쩔 수 없었다. 삼우제를 지내고 집에 와보니 아들은 이미 귀대하고 없었다.

다음 날 아침 식사 도중 딸아이가 "동생이 돈 20만 원을 맡기면서 누나가 보태어 아버지 가방을 하나 사드리라고 했다."고 말했다. 아들은 20년 가까이 내 모습을 유심히 관찰한 것 같다. 출근할 때마다 똑같은 가방만 들고 다니는 내 모습이 마음에 걸렸던 모양이다. 그 가방은 유행이 타지 않는 튼튼한 가죽 가방이라 지금도 사용하는 데는 전혀 문제가 없다. 다만, 손잡이가 많이 닳은 것뿐이다. 아들은 손잡이가 낡은 나의 가방을 보고 오래전부터 꼭 사드려야겠다고 마음먹은 것 같다. 나중에 전화가 걸려와 통화하면서 마음속으로는 기특하고 자랑스러운 아들이었지만, 감정을 자제하고 오히려 아들을 걱정하는 말만 했다. 나의 부모님이 늘 나에게 했던 것처럼.

"아버지가 여비 한 푼 못 주었는데 너나 쓰지 그랬냐?"

"집에 전화 걸 돈은 있느냐?"

이번에는 처음 돈 봉투를 내놓을 때와는 달리 감동이 덜 했다.

그런데 얼마 전 공직자 재산등록을 하면서 가족들의 금융기관 잔액조회 내용을 보면서 놀라운 사실을 알게 되었다. 군 복무 중인 아들의 예금통장 잔액을 본 것이다. 12월 31일 자 잔액이 1,700원밖에 없었다. 할아버지 장례 마치고 귀대하던 날인 12월27일 통장에 남아 있는 돈을 탈탈 털어 찾아서 누나에게 주고 간 것이다. 1,700원으로는 공중전화 비용도 안될 것 같은 생각이 들었다. 이 순간 나도 모르게 눈물이 주르륵 흘렀다.

아들을 군에 보내고 처음 눈물을 흘린 것이다. 어찌 보면 나는 독한 아버지이다. 나 역시 군대생활을 해 보았기 때문에 사나이로서 국방의 의무를 다하면서 충분히 참고 견딜 만하다고 생각했기 때문이다. 그래서 아들이 입대할 때나 훈련받을 때나 면회 갔을 때도 한 번도 눈물을 보이지 않았다. 아들이 처음 아내에게 선물을 사라고 돈을 주었을 때나, 누나에게 아빠 선물을 사드리라고 돈을 주고 갔을 때에도 나는 다소 감동은 받았지만, 눈물이 나오지는 않았다. 왜냐하면, 나는 아들이 몸 건강하게 군대 생활 잘하고 무사히 돌아오기만을 바라고 있었기 때문이다.

부모로서 자식의 효성에 대한 척도가 물질이 아니다. 물질 대신 마음만으로 충분하고 부모가 바라는 바를 실천하는 것이 효도인 것 같다. 자식이 학교 다닐 때는 건강하게 자라면서 열심히 공부하는 것이 내가 바라는 자식의 효도이고, 군대생활 할 때도 몸 건강하게 군 복무에 열중하는 것만이 내가 바라는 자식의 효도이다. 학교 졸업 후에는 전공 살려 취직도 하고, 부모에게 손 안 벌리고, 남부끄럽지 않게 먹고 살면서, 배운 만큼 사회에 공헌하는 것이 부모에 대한 효도라고 생각한다. 따라서 스스로 앞길을 헤쳐나가고, 자신의 삶을 충실히 살아가는 것이 내 가슴에 달아준 카네이션보다 낫다고 생각한다. 하지만, 예로부터 동방예의지국의 전통을 가진 우리로서는 윗사람에 대한 공경심이나 어버이를 섬기는 마음은 잃지 말아야 하고, 생활 속에서 그 마음을 실천해 나가야 한다고 생각한다.

나의 눈물은 두 가지 다른 의미가 있는 눈물이었다. 하나는 아들이 나에게 보여준 어버이를 섬기고자 하는 마음이 고마워 흘린 눈물이었다. 돈의 액수가 중요한 것이 아니라, 아들이 부모를 위해 뭔가를 해 드려야겠다는 마음을 장기간 가지고 실천에 옮겼다는 점이

나에게 감동을 준 것이다. 더구나 자신의 앞가림보다 부모를 우선시했던 아들의 마음을 통장 잔액에서 보고, 나도 모르게 눈물을 흘렸던 것이다.

한편, 그 눈물은 또 다른 의미가 있는 눈물이다. 나는 아들로 말미암아 어버이에 대한 효도를 되돌아 보게 되었다. 내가 흘린 눈물은 이미 하늘나라로 떠나버린 부모님께 눈물겨운 효도를 해보지 못한 나 자신을 돌아보면서 흘린 회한의 눈물이기도 했다.

효(孝)는 인간의 근본적이고 위대한 가치를 지니고 있음을 모르는 사람은 없을 것이다. 다만 실천을 다하지 못하는 것이 문제다. 효경(孝經)에는 "어버이를 사랑하는 사람은 남을 미워하지 않고, 어버이를 존경하는 사람은 남에게 오만하지 않는다."라고 가르치고 있다. 이처럼 효는 가정을 지키고 사회를 지탱해 주는 위대한 힘을 가지고 있는 것 같다.

나는 자식의 효행을 들춰내 칭찬해 주면서 부모님에 대한 효를 다하지 못한 나 자신을 후회하기도 했다. 이를 거울삼아 나의 아들딸이 나처럼 후회하거나 가슴아파 하는 일이 없기를 바라며 이를 자자손손 효의 지침으로 삼았으면 하는 마음이다.

효가 흐르는 가정과 사회는 언제나 행복이 넘치고 훈훈한 정이 넘실거리게 될 것이다.

눈물의 마침표

어버이의 인생을 회고하면서 하염없이 흘러내리는 눈물을 삼키기도 하고, 손등으로 훔치기도 하였으며 손수건이 적시도록 닦아내기도 했다. 특히 지난 일 년 동안 어머니와 아버지 병간호를 하면서 부모님의 진한 눈물을 보기도 했고, 그 눈물을 보면서 나도 덩달아 눈물을 흘리기도 하였다. 그리고 그 눈물의 의미를 되새기면서 또다시 눈물을 흘리고 있다.

나는 지금까지 살아오면서 수많은 눈물을 흘렸다. 내 생애 최초로 흘린 눈물은 어머니 배 속에서 태어나면서 고고한 울음소리와 함께 흘린 환희의 눈물이었다. 그 후 성장해 오면서 기쁠 때나, 슬플 때나, 괴로울 때나, 아플 때나 수없이 눈물을 흘렸던 것 같다. 내가 흘린 눈물은 나의 감정을 못 이겨 흘린 눈물도 있었고, 외부 자극에 의한 본의 아닌 눈물도 있었다. 영화나 드라마를 보면서 흘린 슬픈 눈물도 있었고, 스포츠 경기를 보면서 흘린 감격의 눈물도 있었으며 뭔가에 감동하여 흘린 눈물도 있었다. 내 인생에서 이렇게 수없이 흘렸던 눈물 가운데 나를 가장 슬프게 했던 눈물은 부모님을 하늘나라로 떠나 보내면서 흘린 진한 눈물인 것 같았다. 하지만, 자식을 남겨두고 떠나야만 했던 아버지 어머니의 가슴 아픈 눈물은 내가 흘린 눈물보다 훨씬 고귀한 눈물이었다.

부모님과 내 인생의 눈물을 돌이켜 보면서 눈물이 삶의 조미료이자 인생의 느낌표 같다는 생각을 하게 된다. 눈물의 배경에는 탄생과 죽음, 성공과 실패, 승리와 패배, 기쁨과 슬픔, 희망과 실망 등이 자리 잡고 있기 때문이다. 눈물은 말 대신 마음을 표현하는 언어이자 마음과 마음을 연결해 주는 소통의 도구가 된다. 눈물을 흘리고 나면 고조된 감정이 진정되고, 스트레스가 해소되며 삶의 활력소가 되기도 한다. 눈물은 지워지지 않는다. 다만, 닦아낼 뿐이다. 눈물로 얼룩진 삶의 흔적은 아름다운 추억이다. 그래서 눈물은 늘 자신과 함께하는 인생의 동반자이자 그림자인 것 같다.

투병생활 하시다 돌아가신 아버지와 어머니의 눈물을 비롯하여 부모님을 떠나보내면서 형제자매, 친인척, 주위 친구, 동료와 우리 가족이 흘린 수많은 눈물은 시냇물 되어 흐르기에 충분했다.

나는 그 눈물의 징검다리를 건너며 마음과 마음을 잇는 구름 다리를 놓아 눈물에 담긴 의미를 전해 주고 있다.

나는 앞으로도 때때로 눈물을 흘리며 눈물을 삶의 언어로 혹은 삶의 조미료로 활용할 것이다. 그리고 그동안 흘리고 삼켰던 눈물을 영원히 기억할 것이다. 나는 지금 이 순간에도 하염없이 흘러내리는 눈물을 닦아내고, 자작 시〈눈물〉로 그동안 흘린 눈물의 의미를 되새기면서 또 하나의 눈물방울로 마침표를 찍는다.

〈어머니와 함께 보릿고개를 넘었던 학독〉

눈물

눈물은 인생의 동반자요 그림자
기쁨도 슬픔도 아픔도 괴로움도 함께하니까
눈물은 삶의 조미료
달고 짜고 시고 쓰기도 하니까
눈물은 마음의 진정제요 삶의 원기소
감정을 조절하고 활력을 불어넣어 주니까
눈물은 인생의 아름다운 추억
지울 수 없는 얼룩이 남아 있으니까

눈물은 삶의 언어요 인생의 느낌표
말하지 않고도 느낌을 전달해 주니까
눈물은 마지막 분장사
갖가지 표정을 완성해 주니까
눈물은 마음의 구름다리
마음과 마음을 이어 주니까
눈물은 전염 바이러스
눈물이 눈물을 잉태하니까

인연의 언덕에 올라

여기저기 봄을 재촉하는 꽃망울이 터지고 잔디가 기지개를 켜기 시작하는 한식날이다.

어머니 아버지가 계시는 언덕 넘어 둥지를 찾아갔다. 겨우내 추위와 폭설에 어머니 아버지가 감기 몸살을 앓으신 것 같아 수혈도 해 드리고 링거액을 꽂아 드렸다. 집도 좀 손보고 이불도 꿰매 드렸다.

모처럼 어머니 아버지의 체취를 맡으러 어머니 아버지가 평생 넘었던 고갯길 넘어 비탈길을 지나 고향 집으로 향했다. 비탈길을 지나 언덕에 올라서니 이 언덕에 얽힌 부모님의 인생이 추억으로 되살아났다. 아버지와 어머니가 '인연의 언덕'이라는 영화 속 주인공 '놈이'와 '順이'로 등장하며 스크린이 되어 구름에 달 가듯이 흘러간다.

인연의 언덕에는 안개가 자욱하다.
때늦은 진눈깨비가 가물거리는 가로등 불빛 아래 서러운 눈물 되어 흐른다.

흡이와 順이는 암울한 시대에 태어났다.

어린 흡이는 어느새 자라 젊음과 낭만이 넘치는 청년이 되어 있었다.

흡이는 언덕에 올라 내일을 꿈꾸며 살아왔다.

젊음의 향기가 물씬 풍길 때 묘한 인연으로 연을 좋아하게 되었다.

흡이는 바람 부는 날이면 인연의 언덕에 올라 연을 날렸다.

역사의 소용돌이 속에서 흡이는 연 자새를 놓아야만 했다.

흡이는 현해탄을 건너 섬으로 떠난다.

연 실은 끊어져 버렸고 연은 바람 따라 보이지 않는 곳으로 날아가 버렸다.

연실은 질겼다. 연도 섬으로 날아가 흡이를 만난다.

그것도 잠시, 연실은 다시 바다를 건너올 만큼 길지 못했다.

돌아온 흡이는 인연의 언덕에서 방황과 그리움의 나날을 보내다 새 연을 만들었다.

전쟁의 포화에 연실은 끊어지고 연은 끝없이 멀리 날아가 버린 것이다.

연은 두 개의 작은 꼬리만 남기고 멀리 하늘로 날아가 버렸다.

흡이는 인연의 언덕에 다시 올라 멀리 날아가 버린 연을 생각하며 하늘만 바라본다.

그러던 어느 날 예쁜 연 하나가 바람에 날려와 나뭇가지에 걸려 빙빙 잡아 돈다.

숨이는 나무에 올라 세 번째 연을 구한다.

연 자새도 없이 연실만 잡고 연을 날리려고 애를 쓴다.

연실이 짧아 멀리 나르지 못한다.

숨이는 버리기 아까운 연을 집에 가지고 왔다.

새 연실을 연결해 보려고 안간 힘을 써본다.

거센 바람에 연실의 연결고리는 풀리고 연은 멀리 날아가 버렸다.

숨이는 또다시 허탈감에 방황하다가 네 번째 연을 만들게 된다.

인연의 언덕에서 맨발로 서성이는 어린 順이를 만나 등에 업고 비탈진 고개를 넘는다.

둘은 인연의 언덕 위에 둥지를 틀었다.

둘은 춥고 배고파도 함께 울었다.

둘은 기쁨도 슬픔도 함께 나누었다.

인연의 언덕에서 꽃을 가꾸며……

숨이는 산을 좋아했다.

멀리 강줄기를 바라다보며 더 멀리 바다를 그리워했다.

멀리 섬에 두고 온 연을 못 잊어 그리움에 아파해야만 했다.

인연의 언덕에는 사방으로 통하는 길이 있다.

쉽지 않은 길이다.

사방에 낭떠러지도 있다.

인연은 바람 타고 고개를 넘어 언덕에 오른다.

마치 담쟁이넝쿨이 담 넘어오듯 슬며시….

인연은 끈질긴 것이었다.

멀리 섬에 띄워둔 그리운 연이 바람 타고 날아온 것이다.

舌이는 섬에서 온 연을 보지 못했고 연실을 잡지 않았다.

舌이는 두 손으로 연실이 감긴 연 자새를 풀었다 감았다 했다.

네 번째 연은 힘차게 뻗어 가며 잘 날리고 있었다.

연은 비바람 눈보라에도 견디어 냈다.

어느덧 꼬리를 일곱 개나 달고 창공을 나른다.

順이는 연실을 놓지 않았고 연 자새를 떠나지 않았다.

꼬리는 하나씩 멀리 멀리 떨어져 나갔다.

연은 점점 균형을 잃어갔다.

연 자새도 닳고 닳아 어렵게 어렵게 돌았다.

연실도 낡아 끊어질 것 만 같았다.

인연의 언덕에 태풍이 불고 북풍한설이 몰아쳤다.

톱이는 어렵사리 연실을 연 자새에 감았다.

順이는 살며시 내려와 톱이를 감싸 안았다.

順이는 하얀 날개를 달고 하늘로 날아간다.

연 자새가 빠르게 돌고 연실이 풀어지면서 연은 다시 하늘 높이 나른다.

톱이는 날아가는 順이를 보고 그리움에 눈물을 흘린다.

연 자새의 연실이 다 풀리자 톱이는 연 자새를 꼬옥 잡고 順이를 따라간다.

꼬리들은 하늘나라로 날아간 톱이와 順이를 바라보며 눈물을 흘렸다.

둘은 구름 언덕 너머에 새 둥지를 틀었다.

톱이는 順이와 천마를 타고 인연의 언덕을 다시 오른다.

당산나무 아래서 연 날리던 옛 시절의 그리움에 흠뻑 젖어든다.

둘이 함께 달빛 그늘에서 거문고와 비파를 퉁긴다.

인연의 언덕에는 그리움이 새싹처럼 돋아나고, 어느새 산수유가 꽃망울을 터트렸다.